35
ANOS

OS COADJUVANTES

CLARA DRUMMOND

Os coadjuvantes

1ª reimpressão

Companhia Das Letras

Grafia atualizada segundo o Acordo Ortográfico da Língua Portuguesa de 1990, que entrou em vigor no Brasil em 2009.

Capa
Luciana Facchini

Foto de capa
Yuli Yamagata

Preparação
Cristina Yamazaki

Revisão
Camila Saraiva
Erika Nogueira Vieira

Os personagens e as situações desta obra são reais apenas no universo da ficção; não se referem a pessoas e fatos concretos, e não emitem opinião sobre eles.

Dados Internacionais de Catalogação na Publicação (CIP)
(Câmara Brasileira do Livro, SP, Brasil)

Drummond, Clara
Os coadjuvantes / Clara Drummond. — 1ª ed. — São Paulo : Companhia das Letras, 2022.

ISBN 978-65-5921-231-6

1. Ficção brasileira I. Título.

22-98862 CDD-B869.3

Índice para catálogo sistemático:
1. Ficção : Literatura brasileira B869.3

Aline Graziele Benitez – Bibliotecária – CRB-1/3129

EDITORA SCHWARCZ S.A.
Rua Bandeira Paulista, 702, cj. 32
04532-002 — São Paulo — SP
Telefone: (11) 3707-3500
www.companhiadasletras.com.br
www.blogdacompanhia.com.br
facebook.com/companhiadasletras
instagram.com/companhiadasletras
twitter.com/cialetras

Now I am quietly waiting for
the catastrophe of my personality
to seem beautiful again,
and interesting, and modern.

Frank O'Hara

Para Claudinho

1.

Sou misândrica e misógina, não tenho a menor paciência para homens e mulheres, nada contra, como dizem por aí, só não gosto de interagir, não tenho assunto, sinto que o tempo inteiro estou sendo condescendente, ou estão sendo condescendentes comigo. Mas não sou misantropa porque gosto de homens gays. É o único tipo de ser humano que dá pra conviver de igual pra igual. Não me sinto confortável no ambiente que me foi designado ao nascer. Só de pensar em casamento e filhos tenho ânsia de vômito. Biologia não é destino. Aqui, posso elencar os motivos para tal conclusão, mas soaria bobo, datado e, sobretudo, poderia logo de cara me igualar a essas retardadas que desejam um melhor-amigo-gay-próprio. Gay não é pet. Vamos nos conscientizar. Para deixar claro que não sou dessas, solto uma palavra em pajubá, de preferência nível intermediário, porque os termos mais básicos até minha mãe sabe, e o vocabulário avançado denota excesso de esforço. Ou decido contar uma história significativa, tipo a vez que dois amigos meus que não se conheciam estavam trepando no darkroom da Berghain. Você é amigo da Vivian, não é?, perguntou um deles, não sei em que etapa da coisa. É bom pertencer a um grupo. De qualquer forma, preciso segurar a ansiedade, não sair metralhando códigos cifrados, às vezes até nos primeiros minutos de conversa, porque quem pertence é tranquilo, não se esforça para passar uma imagem, está em casa, e eu quero muito estar em casa.

Por muito tempo, morei entre Rio e São Paulo, a depender do emprego, às vezes fixo, às vezes temporário, sempre errático, instável, mal pago, quando pago. E ainda assim eu me submetia a isso, pois cada uma dessas experiências significava pontos estrelados no meu currículo. Sou curadora independente, trabalhei em galerias, bienais, museus, ateliês, fui assistente de grandes exposições, produzi sozinha mostras menores, mas significativas, escrevo crítica de arte para revistas e jornais, tanto daqui quanto de fora. Em seguida, as pessoas me parabenizam, meus pais me dão algum presente, como uma viagem a Berlim, uma carteira Comme des Garçons, uma fotografia da Francesca Woodman. Não trabalho com pintores, tampouco fotógrafos, porque são héteros, volta e meia dá merda, tem uns que são charmosos, com aquela autoconfiança de artista. Quando via, estava transando com o sujeito na abertura da exposição dele, trancada no banheiro da galeria, dividindo uma linha da noite anterior, às onze da manhã de um sábado. No fim, eles sempre emergem ainda mais autoconfiantes, depois de uma rapidinha com uma garota dez anos mais jovem, e eu quase nunca gozava. Por isso, prefiro outros tipos de artista, que apesar de também narcisistas ao menos são divertidos, e não oferecem assim risco de contratempos emocionais.

Perto do meu aniversário de trinta anos, meus pais me compraram um apartamento em Botafogo, dois quartos, chão de taco de madeira, noventa metros quadrados, porteiro vinte e quatro horas. De quebra, também me emprestaram uma poltrona Mole do Sergio Rodrigues (o cachorro tinha comido parte do couro, eles pegariam de volta quando conseguissem um bom estofador, mas acho que esqueceram, isso já faz dois anos). Ficava bonita junto a uma enorme fotografia do João Silva. Foi um presente, quer dizer, paguei a impressão e a moldura, mas agora minha casa tem mais uma obra de arte, da mesma série que está no Malba. Esse período coincidiu com um aprimoramento do meu currículo. O critério exclusivo de seleção de trabalhos passou a ser a contribuição para a minha carreira, sem levar em conta questões financeiras. E, caso o orçamento apertasse, seja lá o que isso significasse, eu alugava o apartamento por duas ou três semanas e ia passar uma temporada no apartamento extra da minha família, em São Paulo. Esse esquema era especialmente lucrativo no Carnaval e no

Réveillon. Aí, eu conseguia dinheiro para alguns meses, o que possibilitava uma pausa para férias, talvez um curso fora, quem sabe botox.

A localização do apartamento era perfeita, tinha vendedores ambulantes de domingo a domingo, a noite toda, sempre com bom estoque de Heineken. Darlene, que ficava bem em frente à minha casa, avisou que era perigoso do outro lado da rua, já teve inclusive uma execução, coisa feia. Não me preocupei, é possível que ela só quisesse afastar a concorrência. São imensas as alegrias da casa própria, eu escolho a cor do papel de parede do quarto, faço do antigo quarto de empregada um closet espaçoso, tenho cozinha anexa à sala principal, janelas antirruído. O banheiro eu quis deixar quase igual ao original porque gosto dessa estética classe média dos anos 1950. Não entendo esse seu universo em que os apartamentos surgem do nada, comentou a Marina Falcão. Toda semana improvisávamos alguma festinha, eu ofereço a geladeira, o saco de gelo, a caixa de som, a lâmpada vermelha, e cada um traz seu drink, sua droga, sua playlist. Os vizinhos, já idosos, reclamam às vezes, o que não é um grande problema, dizia Alex, daqui a pouco morrem ou são gentrificados. Alex era o responsável por trazer a nova geração de bichinhas da noite alternativa, orgulhosas de pequenos atos de subversão, como brincos coloridos, unhas cor-de-rosa, talvez uma vestimenta nitidamente feminina, algo que aprovo e estimulo. Torna o elenco mais diverso, enriquece o ambiente.

Naquele dia, organizei um jantar aqui em casa para

os amigos mais próximos, e em seguida iríamos a uma festa, onde Rodrigo seria DJ. Eu estava muito feliz que ele tinha saído do armário, inclusive para a família, ainda mais conservadora que a minha e que cultivava grandes esperanças no nosso casamento. Há uns anos, ele chegou até a propor termos um relacionamento de fachada para que seus pais o deixassem em paz. De quebra, ganharíamos uma festa de arromba e acesso a sua casa em Paris. A possibilidade de uma vida heteronormativa conforme o modelo convencional de sucesso até me pareceu tentadora por quinze minutos, mas só. Na minha opinião, Rodrigo devia se livrar dos amigos da escola, aqueles idiotas que trabalham no mercado financeiro, e conhecer pessoas mais interessantes, que atuam no mercado de arte.

Rodrigo seria o último a tocar, só de manhã, então saímos de casa por volta das duas. A festa não seria num inferninho, com laser, estrobo, projeções, e sim de graça, numa praça perto do Centro Cultural Banco do Brasil. Na verdade, a praça era uma espécie de pátio público com grade e apenas uma entrada, dois seguranças para controlar a lotação, distribuir pulseiras e monitorar possíveis abusos. Um nicho específico, público gay abastado, majoritariamente branco, que menospreza símbolos tradicionais de ostentação, é alinhado aos valores liberais e progressistas, não necessariamente de esquerda, ao menos em termos econômicos. Como de costume, ambulantes vendiam bebidas enquanto as pessoas esperavam para entrar na festa.

Para minha surpresa, Darlene, a ambulante da minha rua, estava ali, mas não vendendo cerveja, e sim caipirinha. Ao seu lado, um velho mal-humorado vendia Heineken. Acenei para ela, sorrindo, e gritei: Oi! João Silva saiu de onde estávamos para abraçá-la, beijou sua bochecha, perguntou sobre seu filho. Ele conseguia fazer esse tipo de coisa sem soar condescendente, eu não. Por isso, eu preferia ser mais discreta, manter uma relação mais profissional, cliente e comerciante, com medo de alguma gafe. Até porque na minha cabeça ela trabalhava todos os dias na frente da minha casa, nem tinha reparado que aos sábados ela estava em outro lugar, era outra pessoa. E muito menos sabia qualquer coisa sobre a família de Darlene. A fila andou alguns metros, mas logo estacionou, de modo que ficamos todos paralelos à sua barraca portátil de caipirinhas. Imaginei que você pudesse estar aqui!, ele disse. Ora, João Silva morava em São Paulo, como ele conhecia o itinerário profissional da Darlene? Isso tudo só das vezes que descia pra comprar cerveja nas festas lá em casa? O processo de entrada estava especialmente lento. Quarenta minutos sem sair do lugar. Sem problema, estávamos distraídos, conversando com Darlene. Ela lembrava de detalhes de acontecimentos antigos, perguntava o desenrolar das situações. Era esperta, rápida, engraçada, bem informada, até mesmo culta, falava nossa linguagem, não era evangélica, votava no PSOL. A conversa estava tão gostosa que ninguém percebeu a chegada súbita da Guarda Municipal.

A princípio, não era pra ninguém se incomodar tanto, sempre foram inofensivos, mas àquela altura da política brasileira as coisas começavam a ficar estranhas. O camburão que surgiu na nossa frente diferia pouco da imponência de um esquadrão especial, tipo Bope. Cinco homens com peito estufado postaram-se diante da fila, transmitindo uma hostilidade ressaltada pelos cassetetes, maiores que o normal. Primeiro abordaram o velho mal-humorado, pegaram todas as cervejas, puseram tudo no porta-malas do camburão. Ei, isso é roubo!, gritou a Marina Falcão, e o resto da fila concordou com vaias tão intensas que abafavam o Italo Disco. Aquilo não constrangeu os policiais, ao contrário, estimulou um considerável aumento de tom, e eles foram avançando sobre Darlene com violência. Seu material de coquetelaria foi destruído, junto com as garrafas de cachaça, atiradas no chão. Darlene reagiu, gritando e tentando se desvencilhar do homem que segurava seu braço, e como retaliação recebeu uma porrada de cassetete. Alex tentou interferir, pôs seu corpo no meio deles, com seus brincos, unhas pintadas, sombra roxa no olho, e também recebeu pancadas, na perna, no braço e, quando tentava voltar pra perto de nós, na costela. Não foi o único dos frequentadores da festa a se posicionar de forma mais enfática, mesmo assim a porrada foi direcionada apenas a ele. No meio da confusão, uma bomba de gás lacrimogêneo foi lançada aos pés de quem estava na fila, a um metro de distância da Guarda Municipal.

Os seguranças da festa puseram todos para dentro, às pressas. Só os vendedores ficaram do lado de fora. Talvez os policiais se intimidassem de entrar numa festa de elite, podia ser um mecanismo de proteção. Não passou pela cabeça de nenhum de nós que os ambulantes podiam estar naquele espaço como frequentadores. Em tese, era uma festa gratuita, e não havia motivo para que eles ficassem de fora, principalmente porque, àquela altura, estavam sem as bebidas, já confiscadas. Mas havia um entendimento mútuo, silencioso e unânime de que eles não pertenciam àquele ambiente, e isso era tudo.

Alex foi para casa, levemente ferido, mas bem, e o resto de nós continuou na festa até o amanhecer, o ácido começando a fazer efeito. Esquece, Vivian, disse minha amiga Marina Falcão. Mas, assim que entrei, percebi que algo grave continuava acontecendo do lado de fora. Sem sucesso, tentei abrir espaço entre as pessoas que se amontoavam na festa. As grades de proteção, junto com minha visão de natureza fragilizada, e prejudicada ainda mais pelo gás lacrimogêneo, ofuscavam qualquer clareza. Um vulto se contorcia, com dificuldade de locomoção, quase na outra esquina, a um quarteirão de distância. Fiquei com a impressão de que podia ser Darlene. Ela teria apanhado com violência extra naqueles dez minutos de confusão quando todos entraram na praça, quer dizer, todos nós, os frequentadores de sempre? Ou era um mendigo, um pivete, um viciado em crack? Talvez. Dez minutos é tempo suficiente para uma série de porradas. Mas se fosse Darlene alguém na fila com certeza teria vaiado, feito um protesto, e não apenas repetido meus passos, a caminho das batidas do Italo Disco.

2.

Éramos um grupo de vinte amigos, até mais que isso, alguns com talento de verdade, outros com profissões vagamente criativas, todos bem-sucedidos, todos fotogênicos, todos meio bonitos, ou muito bonitos, o que é importante para mim. Entre eles, os mais significativos, ao menos na minha vida, eram João Silva, Alex, Marina Falcão e, agora, Rodrigo. Talvez eu não seja a melhor curadora de arte, mas com certeza sou a melhor curadora de pessoas. É o trabalho do qual mais me orgulho. Através dele, consegui criar a trajetória de vida que sempre quis. Quando estamos todos juntos, de vez em quando tenho a sensação de que sou a protagonista de um filme imaginário que se desenrola no decorrer de uma única noite. As luzes azuis e vermelhas da pista de dança, que não raro reproduzimos em nossas casas, atenuam nossos defeitos físicos e realçam as qualidades, e assim podemos fingir que somos perfeitos. Às vezes, a memória do dia seguinte edita os acontecimentos deixando apenas as cenas que gostaria de descartar: transparece o excesso do meu esforço, como uma atriz que não desaparece no papel, tão preocupada com o reconhecimento da sua performance, o que é patético. Eu queria muito ser naturalmente a pessoa que pareço ser.

Outro dia, no fim de um after, acho que era segunda-feira, eu estava conversando com um desses amigos, terminando as poucas linhas restantes na mesa de jantar enquanto via o sol da manhã ficar cada vez mais forte. Os dois de óculos escuros, fumando na janela, meu batom vermelho ainda firme, o sutiã preto de renda servindo de biquíni, a camisa de seda pendurada na estante de livros, a calça de cintura alta escondendo a gordurinha da barriga, pouco fotogênica para aquela claridade. Ao longo da noite, descemos mais de três vezes para comprar cerveja, dessa vez do outro lado da rua. É muito chique after em dia de semana, acho subversivo, anticapitalista. Ou um hábito aristocrático, coisa de rico, não sei dizer, talvez algo no meio do caminho. Alex estava no escritório, imerso numa seção de spanking com a porta escancaradamente aberta, eu nem sequer podia ir ao banheiro no corredor, com medo de ver sua bundinha arrebitada. É possível que fosse algum amigo artista do João Silva, não sei. Eu não conseguia desenvolver nem ao menos uma conversa qualquer com o convidado remanescente que ainda tinha metade de um saco de cocaína, porque a cada frase ouvíamos um PAH PAH PAH como se alguém pontuasse as nossas vírgulas. Naqueles dias, era frequente alguma variação desse cenário, na despensa, na área de serviço, no quarto de empregada, no sofá da sala, a ponto de começar a me irritar, tinha acabado de mudar, eu nem tinha estreado a cama com alguém, e Alex ali, com mais parceiros sexuais do que eu.

Durante os dois primeiros anos eu me mantive ocupada exclusivamente com o Luiz Felipe: engenheiro, maconheiro, surfista, vegano. Um garoto de Copacabana, rosto de anjo, que medita todas as manhãs, pensa em dar a volta ao mundo, vender o carro, se locomover apenas de bicicleta, no máximo transporte público. Não é o homem mais atraente com quem já fiz sexo, é meio bobo, falta charme. Sua beleza é bem padrão, o clássico carioca, desses que você encontra aos montes pelas praias, bronzeado, cabelos loiros cacheados, olhos azuis, e uma autoconfiança ingênua, de quem já foi o menino mais bonito da escola mas não soube ou não quis capitalizar em cima disso. Luiz Felipe é despretensioso, cita livros de autoajuda com inclinação oriental, às vezes me dá um ou outro de presente, acredita quando eu falo que gostei muito, enquanto na verdade ridicularizo seu repertório literário pelas costas, leio trechos em voz alta para entreter meus convidados, rimos a madrugada inteira de suas crendices, e em seguida cheiramos cocaína na capa do Deepak Chopra. De qualquer forma, essa filosofia deve surtir algum efeito, porque existe naquele menino um tipo de sabedoria que não sei identificar.

No sofá da minha casa, antes que eu desabotoasse sua calça, durante nossa conversa padrão de cinco minutos, ele manifestava a consciência pesada, queria contribuir com o mundo, fazer qualquer coisa benéfica. Se partisse para uma empreitada mais altruísta, sem o salário da construtora, não poderia realizar seu sonho de surfar na Austrália. Eu o beijava, segurava seu pau, calava sua boca. É o corpo mais lindo do mundo, definido na medida, forte mas seco. A primeira mensagem que escrevi depois do nosso primeiro encontro foi: Aqui é a Vivian, do último sábado. Eu tenho uma garrafa de vinho em casa e quatro horas para trepar. Luiz Felipe respondeu que sim, perguntou o endereço, o horário, tudo isso de imediato. Ele é diferente dos outros, não me chama de bonita, só de gostosa, às vezes putinha. Eu gosto, acho meigo na medida, até mesmo carinhoso, com alguma ternura, meio fofo. Será que eu estava apaixonada por um sujeito com perfil tão desinteressante só porque ele me estapeava, cuspia em mim durante a foda e tinha algum talento especial para fisting? Eu sempre disse que meu maior medo era me casar com um investment banker, mas talvez um engenheiro civil seja pior, é tão genérico. Na primeira vez que transamos, chorei no táxi ao voltar para casa, às cinco da madrugada, depois de sete horas de sexo ininterruptas. Foi quase romântico, as luzes da cidade à noite, o banco de trás do carro, as lembranças recentes, o senso de ineditismo, como se tivesse acontecido algo especial que talvez não se repetisse, e tocava Roxette, ou era outra música, mas vamos fingir que era Roxette. As estatísticas mostram que é normal que uma mulher só experimente o orgasmo aos trinta anos, fico tranquila com isso, não sou frígida, reprimida, mal comida. Luiz Felipe diz que eu sou a única que não se escandaliza com suas fantasias, não sei se acredito. Eu o aguardava toda semana, como uma boa menina monogâmica, enquanto ele devia estar dançando forró, beijando umas garotas básicas, sem personalidade, papo qualquer coisa, com suas blusinhas cafonas, feminilidade padrão, provavelmente caretas na cama, tão convencionais quanto sua aparência comum, ou ao menos prefiro pensar assim.

Diz o Luiz Felipe que certa vez convidou um amigo para acompanhá-lo na transa com sua então namorada e juntos fizeram dupla penetração. Fiquei excitada com a ideia mas ele não se sentia confortável em transar outra vez com um homem junto. Precisei então me contentar com um vibrador no papel de elemento extra. Não era tão emocionante quanto eu imaginava. Mesmo assim, ao longo dos encontros, continuamos repetindo, talvez na esperança de que aquilo, em algum momento, se tornasse espetacular. Um dia, no lugar de um orgasmo precisei lidar com o vibrador preso no meu ânus. A minha primeira tentativa de recuperá-lo acabou piorando a situação, e pensei, fudeu, vai para o intestino. Eu só pensava na Sylvia Plath. A personagem do meu livro preferido tem uma hemorragia quando perde a virgindade. Precisa ir ao hospital com o garoto, um desconhecido. Eram os anos cinquenta, eu expliquei, com medo de ter o mesmo destino, mas ele não sabia quem era Sylvia Plath. No final, depois de um contorcionismo que durou cerca de quinze minutos, eu tentando alcançar o vibrador pelo cu, enquanto ele empurrava através da vagina, deu tudo certo, não precisei ir ao hospital e voltamos a transar.

Depois desse dia eu tinha certeza de que nunca mais ia ver o Luiz Felipe. Três semanas de hiato entre o incidente da dupla penetração e o nosso contato seguinte, foi horrível, fiquei ansiosa, me senti culpada. Foi a única vez que ele não me escreveu perguntando se eu tinha chegado bem em casa. Talvez a coisa mais importante num relacionamento seja tesão, respeito e carinho, com uma comunicação clara, leve e sem esforço. Acho que a opinião dos outros é secundária perto do que acontece a dois. Senti até saudade do chão de porcelanato branco do apartamentinho dele na rua Constante Ramos. Mas Luiz Felipe tinha apenas viajado para visitar os avós no interior de Minas Gerais. Quando contei da minha paranoia, ele riu e disse qualquer coisa como: que besteira!

Os encontros semanais cada vez mais surpreendentes e exuberantes conseguiram a façanha de afrouxar meu julgamento normalmente rígido e fazer com que eu prestasse atenção no que ele falava. Luiz Felipe não emitia nenhum signo para que eu o identificasse como inteligente. Por isso, era uma surpresa quando eu o via como um rapaz bastante sensível e observador. Nossas trocas, mesmo as mais existenciais, em certo sentido até filosóficas, eram mais fluidas que aquelas com o fotógrafo cujo trabalho eu admirava, ou com o roteirista do meu filme preferido, ambas relações fracassadas, tanto em termos sexuais como afetivos. Eu gostava da ideia de estar com aqueles homens, era o casal que eu imaginava. No entanto, quando acontecia, não era tão legal, eu era maltratada. Com Luiz Felipe, tudo era bom, a conversa, o beijo, o sexo, a conchinha. Até a manhã seguinte, sempre um momento constrangedor com os outros, era uma delícia, ele preparava o café da manhã, o melhor suco verde do mundo, e então saía para surfar e eu dormia mais algumas horas.

Luiz Felipe sabe que é o melhor sexo da minha vida, que eu nunca tinha gozado com aquela intensidade, que meus ex-namorados eram egoístas na cama e na vida, e não entende direito por que fiquei com eles. Luiz Felipe dizia que, se a melhor coisa a respeito daqueles caras eram suas fotografias ou seus filmes, era mais inteligente que eu ficasse só com isso, como acontece com outros artistas que estão mortos, ou em outro país. Eu me senti tão adolescente quando ele disse isso, boba, boba, boba. Esse não é o melhor sexo da minha vida porque você me chama de putinha, nem por causa dos orgasmos, eu disse a ele. Esse é o melhor sexo da minha vida porque é como se eu voltasse pra casa, mas não a casa onde cresci, com regras rígidas, e sim outra casa, além do meu inconsciente, é como se eu voltasse pra um lugar ao qual eu realmente pertenço, um lugar onde estive antes de ter nascido. Luiz Felipe me abraçou, beijou, voltamos a fazer sexo, e experimentei de novo aquela sensação, ainda mais forte.

Talvez meu deslumbre sexual estivesse afetando meu julgamento cognitivo, até porque todas as conversas ocorriam em intervalos sexuais, os dois pelados na cama, com os corpos entrelaçados. Marina Falcão dizia que eu estava apaixonada, mas tinha um ar de deboche no diagnóstico, o que me deixava na defensiva, então eu respondia, impossível, ele nem sequer tem livros de verdade em casa, e assiste a filmes comerciais. Luiz Felipe não teria assunto com meus amigos, imagina, se falassem de antropoceno, ele ia responder com ecobag, canudo, bicicleta. Você não para de sorrir, insistiu a Marina Falcão. Talvez eu estivesse mesmo entregue a ponto de não me importar com os comentários do Alex: Então ele é tipo um ambientalista de direita? Amiga, isso consegue ser pior que gay de direita. Alex está certo, não sei que função esse boy teria na minha vida, talvez não seja suficiente ser bem comida por um rapaz de bom coração. Eu sou muito insegura para não ser superficial, preciso me agarrar a qualquer coisa material, que me sirva como ponto de referência, essa sou eu, esse é meu mundo, essas são as leis que guiam a mim e àqueles ao meu redor. Se eu pensar sobre sentimentos e sensações e propósitos imateriais estarei perdida, à deriva. A vida sem corrimão me parece tão misteriosa e inconcebível como a vida no espaço sideral, ou a vida após a morte, ou aquilo que éramos antes de nascer. Luiz Felipe e eu chegamos a um ponto que o mero contato entre nossas peles gerava um pequeno êxtase, e eu lembro dos meus amores adolescentes, quando tudo de erótico era esse contato fortuito, pele na pele ao entregar um livro, um lápis, um caderno, uma echarpe, e todo um universo sensorial se abria; a lembrança do último orgasmo, na semana anterior, se misturava a essa lembrança de adolescência, meio rejeição, meio descoberta, meio paixão. Mesmo depois de semanas, meses, quase um ano, ele me toca, e eu guio sua mão para onde eu quero, de imediato sinto prazer, e acredito que tem algo mais além do físico. No dia seguinte, afasto esse fluxo de memória, digo para mim mesma, é só sexo. O amor não acontece no vácuo, num quarto, não é apenas aqueles momentos a dois, na intimidade da casa, que no início parecem preciosos, com forte carga emocional, e depois tornam-se mais raros, afogados na banalidade ou, na melhor das hipóteses, meramente nostálgicos. O amor também está no mundo, e Luiz Felipe não pertence ao meu mundo, logo, isso não deve ser amor.

3.

Minha família tem: um apartamento na quadra da praia de Ipanema, vista lateral, quatrocentos metros, onde trabalha a empregada que dorme no emprego, a faxineira que vem às terças e quintas e o motorista que dirige o carro da minha mãe, que é blindado, óbvio; uma casa de campo, dez mil metros de terreno, trezentos metros construídos, piscina interna e externa, empregada no fim de semana, jardineiro todos os dias, e um outro carro lá, mais simples, para levar os cachorros; uma casa de praia, oitocentos metros de terreno, cento e cinquenta construídos, sem piscina nem empregada nem jardineiro fixo, porque só é usada no verão; um pied-à-terre em São Paulo. Nada é enorme, na verdade; não se pode ter tudo, há que se fazer as contas, não gastar demais, afinal, conforme me foi ensinado, fazemos parte da classe média. Ainda assim, mesmo com orçamento limitado, peças de design e obras de arte fazem parte da decoração, além de outros móveis comprados em viagens ou em cidades do interior, de artesãos locais. O resultado é muito mais charmoso que a maioria das casas de amigos e conhecidos, lugares bem mais imponentes que eu frequentava durante a infância, e que o resto da família continua a frequentar.

Nos últimos dez anos, tivemos uma diminuição de renda considerável. Antes, todo mundo viajava de executiva, inclusive a babá, quando eu e minha irmã éramos pequenas; agora, só papai e mamãe. Os hotéis perderam uma estrela, de cinco para quatro. Há seis meses, o Amilcar de Castro grande da sala de jantar foi a leilão. O Di Cavalcanti da biblioteca deve seguir o mesmo destino. Tanto um como outro devem ser substituídos por alguma fotografia contemporânea que fiquei de escolher, na faixa dos cinco mil dólares, e receberei comissão. Sugeri alugar a casa de praia, um contrato mensal iria deixá-los mais despreocupados, ou então, caso quisessem continuar a frequentar lá durante o verão, como já é o costume, poderiam anunciar no Airbnb. De quebra, rende um dinheirinho extra. Maria Elisa, minha mãe, mudou de assunto assim que ouviu o termo "dinheirinho extra". Imagina, estranhos com acesso aos nossos bens pessoais, lençóis, livros, cremes de rosto. Desnecessário. Somos classe média, mas nem tanto.

Maria Elisa tem mais medo de acordar subitamente sem dinheiro que a manicure que faz as nossas unhas.

Só reclama, diz que tudo está caro, a gasolina, o queijo de cabra, o pilates, meu psicanalista. Outro dia, foi o conserto da máquina de lavar, é um absurdo, preciso ver outros orçamentos, esse sujeito é muito careiro, deve estar superfaturando, vou pedir um desconto, não é possível. O eletricista, irmão do porteiro, que presta serviço para outros moradores do prédio, aceitou o trabalho pela metade do valor. Na semana seguinte, a casa estava repleta de garçons organizando travessas, moqueca, ravióli, rosbife, comida suficiente para os quarenta convidados, entre eles um candidato a governador, primeiro lugar nas pesquisas. Olhando de fora, parece que o dinheiro surgiu do nada, de repente, dezenas de garrafas de vinho, branco e tinto, e mais tantas de rosé, o milagre de Caná. A negociação do conserto da máquina de lavar não tinha sido uma questão de economia, era um esporte, até um hobby, uma aposta consigo mesma, a ponto de mamãe sempre dizer, orgulhosa: sou ótima de pechincha! No dia do almoço para os convidados, o eletricista estava no prédio, tinha ido consertar qualquer coisa do vizinho. Ele observava a movimentação, eu fiquei constrangida, mamãe, não.

Dinheiro pode parecer assunto concreto: supermercado, aluguel, imposto, transporte, boletos, conta no banco, caixa eletrônico, mas na verdade é muito abstrato. É um tabu ainda maior que a morte ou o sexo. Nesse ambiente, é um pecado maior ser pobre do que ir preso, comentou meu amigo Rodrigo. O pai dele foi protagonista de um escândalo de corrupção quando éramos crianças. Foi condenado por fraude envolvendo título de capitalização, passou alguns anos fora do país e depois de um tempo o crime prescreveu. Mesmo assim, nenhum resquício de ostracismo, continuava convidado, querido, bem-vindo, sócio do Country. Todo mundo queria ficar hospedado em seu hôtel particulier no 16ème. Não era considerado um bandido entre seus pares porque vinha de uma boa família. É um pouco angustiante saber que esse tipo de pessoa frequenta minha casa, e não é um, nem dois, são vários, todos com o mesmo perfil. Papai é lobista?, perguntei, certa vez, para minha mãe, que respondeu prontamente: Vivian, todo mundo faz lobby, até eu.

Meu pai, Sérgio, é vice-presidente da maior empresa de segurança e vigilância do país. Antes disso, ocupou cargos públicos e privados em bancos, seguradoras, petrolíferas, empresas de telefonia, mineração, transportes. Quase sempre sua contratação acontece por causa da amizade com o dono da empresa, com o prefeito, com o ministro ou com alguém mais obscuro, que age nos bastidores. Rodrigo diz que todo mundo daquela geração construiu sua vida na base do patrimonialismo. É quase uma segunda natureza, um estilo de vida, a única maneira que sabem se relacionar, não se trata de algo do campo da ética e da moral. De fato, não é que seus amigos se envolvam tanto em manobras como desvio de verba, propina na mala, dólar na cueca. Essas coisas, na verdade, são até meio cafonas, há mecanismos sofisticados para enriquecer, mais discretos ou até mesmo, veja só, lícitos, sem nenhuma transgressão oficial. Há sempre a possibilidade de aprovar alguma emenda-jabuti no Congresso. Não existe motivo para transgredir a lei se você tem poder de modificar a lei. É só uma reunião com o presidente ou o ministro, e arranja-se uma medida provisória. Às vezes, não são ladrões per se, mas uma terceira categoria, como se o jogo sujo se purificasse na burocracia, como uma eucaristia, uma diálise. Na verdade, eu não entendo muito disso, e fui proibida de abordar esse assunto com meus pais. Como diz Sérgio, é falta de educação perguntar a ficha criminal dos amigos.

Ana Amélia Noronha, minha avó, era uma espécie de velha rica de novela, só que sem ser rica. Foi embaixatriz em Viena, então tanto faz, cabe no personagem. Não há turismo mais baixo orçamento do que dormir e comer a convite dos amigos certos nas principais capitais da Europa. É nessa economia acumulada que o capital simbólico se materializa no mundo físico. Às vezes, a estadia pode ser existencialmente superior a um bom hotel, pois vem acoplado a eventos, onde há mais possíveis amigos, possíveis hospedagens, e tudo isso ajuda a formar uma personalidade interessante, traquejada, cosmopolita. As festas do grand monde que meus avós frequentaram setenta anos atrás fazem parte da mítica familiar. Toda hora é hora para relembrarem os velhos tempos. Eles estavam ali, meros figurantes de cenas que, muito provavelmente, jamais entrariam no corte final, e ainda assim o apego àquelas revistas amareladas, guardadas no armário do escritório e que asseguravam sua autoimportância, como se uma sucessão de pequenos prestígios resultasse em algo que enobrecesse a alma.

No início do século xx, minha família foi realmente muito rica, dona de uma rede de lojas de departamento que faliu na década de 1960. Nessa época, Ana Amélia tinha sua coleção de vestidos de alta-costura e frequentava o ateliê do Dener e do Clodovil. Nas viagens a Paris era costume reservarem um andar inteiro no George v. Lembro de ouvi-los suspirar ao rememorar o hotel que chamavam de "segunda casa". O dinheiro foi embora quando papai saía da adolescência, demorou ainda mais alguns anos para que se percebesse mortal, com necessidade de trabalhar para sobreviver. Ana Amélia conseguiu manter a pose com a seleção de joias e vestidos que não foram a leilão e com sua posição privilegiada no Itamaraty. A vida continuou confortável para todo mundo, apartamentos espaçosos, casas de fim de semana, viagens duas vezes ao ano, empregados, a coisa toda. Todos os seus sete filhos vivem razoavelmente bem, ou muitíssimo bem, no caso do primogênito, que sustenta o irmão mais novo e tem uma ilha em Angra dos Reis. Ainda assim, a opulência do passado manteve-se como um lembrete. Rodrigo me disse que as pessoas do clube sempre comentam: os Noronha perderam todo o dinheiro. Ao longo da minha vida, sempre fui cercada por ex--ricos, ou então por pessoas que frequentam ricos de verdade, ricos de avião particular, não o rico normal, o da classe executiva. No caso da minha família, as duas categorias se sobrepõem, criando um senso de inferioridade muito específico, meio cômico, meio triste.

Em termos financeiros, papai não conseguiu se sobressair aos seus pares, conquistou só o kit básico, portanto foi preciso encontrar outra estratégia, forjar uma narrativa compensatória, como a sobrevalorização dos antepassados notórios, pseudoaristocratas tropicais, reencarnados em nomes de ruas e avenidas. A tradição seria apenas algo inerentemente moral e fofo. É muito inconveniente quando porventura algum dos meus amigos conhece meu pai e ele pergunta o sobrenome, tentando em seguida relacionar a algum conhecido ou a uma figura histórica. Impressionante como não percebe que é uma atitude mal-educada, até grosseira. Na adolescência, quando tinha amigas mais bobas, heterossexuais até o último fio de cabelo, elas sorriam, sem graça, pareciam envergonhadas, e murmuravam baixinho: Não. Até que Alex outro dia respondeu meio de saco cheio que seus avós eram analfabetos, então, não, não são os Mesquita de São Paulo.

No álbum de fotos dos meus avós, quase não há imagens dos filhos pequenos, em aniversários e formaturas, só retratos do casal com chefes de Estado, reis e rainhas, bispos e papas. A família Noronha é composta de diplomatas faz muitas gerações, quase sempre embaixadores, quando não ministros. Ou, como papai gosta de dizer, membros do Kennel Club. Essa tradição profissional faz com que minha família seja considerada intelectualizada em comparação aos seus pares, o que não significa muita coisa. Antes de morrer, minha avó criou uma conta nas redes sociais, e publicava indiretas e pequenas lições de moral: De nada adianta dinheiro sem cultura. Por favor aprendam: não se escreve "a cinco anos atrás". O correto é: "há cinco anos atrás". Eu queria corrigi-la, apontando a redundância, mas se fizesse isso em público, na caixa de comentários da própria postagem, corria o risco de ser eliminada do testamento.

Quando Ana Amélia morreu, aos oitenta e cinco anos, só deixou dívidas hospitalares e um apartamento na avenida Atlântica (quinhentos metros, vista para o mar, portaria de mármore, sem garagem, puteiro na esquina, assaltos na calçada, restaurante ruim no térreo, com música ao vivo, cardápio de plástico, batata frita McCain). Senti inveja pela morte indolor, aflição por imaginar uma vida tão longa, alívio por não precisar mais almoçar na casa dela aos domingos, com as primas católicas. No entanto, achei que era de bom-tom fingir tristeza para não ser indelicada com o resto da família. Inclusive fiz a performance completa e faltei à abertura da individual do João Silva no MAM. No enterro, papai filosofava: Mamãe sempre dizia que a morte é igual ao sol. Nenhum dos dois pode ser encarado de frente. Fiquei quieta, não quis corrigir, que a frase não era de autoria de vovó, mas sim do seu livro de cabeceira, um compilado de citações pretensamente literárias. Ana Amélia sempre foi muito sábia, respondeu um velho, ex-ministro da ditadura militar.

Maria Elisa não a estimava, e ainda assim ficou em choque, como se não fosse natural, como se não fosse a hora, como se fosse uma enorme surpresa, como se nunca tivesse desejado sua morte, como se nunca tivesse pensado na morte, mesmo como uma abstração. Toda vez que alguém morre é assim, uma comoção, um grande susto, o que é estranho, porque todo mundo morre. As pessoas passam tanto tempo preocupadas com o placement que não sobra tempo para pensar na morte. Talvez o placement exista para isso. Ficamos todos tão preocupados em ganhar pontos, subir degraus, chegar o mais perto possível do topo, mas o fim do caminho é a morte, e isso é óbvio, mas não é. É difícil decorar as regras corretas do placement porque é através delas que se sobem mais degraus, e se for fácil, todo mundo ascende, perde a graça. É preciso estancar a mobilidade, manter as coisas na mesma, reforçando a meritocracia hereditária. Não adianta ser esforçado sem saber o idioma, a pronúncia, o sotaque. A ascensão social funciona como um jogo de tabuleiro cheio de leis arbitrárias que deveriam proporcionar diversão, mas só geram tédio.

Até hoje, há punições financeiras rígidas toda vez que eu insisto em fugir de determinada lista de regras, como se eu fosse uma funcionária, a mesada em vez do salário, e com isso a expectativa de que um dia eu me molde a esses parâmetros. Maria Elisa explicita as regras por e-mail toda vez que é marcado um jantar em família: Vivian, você só tem a ganhar se agir com diplomacia: sem conversas políticas, sobretudo com sua prima, que pensa diferente de você. Ana Cândida, a prima católica, monarquista, enorme de gorda, é filha única e temporã do irmão do meu pai, que é sócio de uma construtora e, portanto, não é classe média, porque tem até um avião. Aos trinta anos, Ana Cândida nunca trabalhou, no máximo um desses empregos de mentirinha, acho que nem sequer é formada, está à espera de um bom partido, alguém que cumpra a regra rígida de Ana Amélia Noronha. É como se o casamento arranjado não tivesse sido abolido, apenas mudado de configuração, mais brando, inclusivo, embora ainda restrito a dezenas de candidatos viáveis. Nada de escolher entre casar por amor ou dinheiro, isso é vulgar. Só é preciso uma curadoria da convivência, aí é inevitável que o arrebatamento da paixão ocorra com alguém adequado, apresentável, bem-apessoado. O parceiro deve ser alguém que possa acompanhá-la de igual para igual, não apenas um consorte. Ana Cândida ignora que o dinheiro não basta, é preciso emagrecer, caso contrário, vai ser preciso mudar os critérios. Minha tia, também gordota, diz: Filha, estar com você é o equivalente a ganhar na loteria!, e a garota acredita, com o ego inflado pelas amigas da mãe, que escrevem "linda", "divina", "uma obra de arte" em todas as selfies que posta no Instagram.

No último ano, Ana Cândida tentou se reaproximar de mim, tem ido às festas de música eletrônica, arrumou até um amigo gay, aspirante a estilista deslumbrado que ela leva nas viagens de família. Minha teoria é que ela precisa se repaginar, uma vez que não conseguiu um marido, tentar outra roupagem, mais moderna, para escapar de ser vista como um fracasso. Não consegue, não entende os códigos, é muito burra. Nas redes sociais, parece estar sempre fantasiada, com signos de riqueza datados, como óperas, festas black tie, cabanas na neve, St. Barth. O avião, claro, é o grande protagonista, palco de todas as suas selfies. Sempre penso, que coisa cafona, não aprendeu nada com vovó. Talvez ela não tenha dinheiro em mãos ou cartão de crédito ilimitado igual suas amigas, sugeriu Rodrigo.

Rodrigo pode opinar sobre esse assunto com propriedade, não tem acesso ao dinheiro do pai, que além de ladrão é homofóbico. Por exemplo, é proibido de frequentar o famoso hôtel particulier sem a presença do resto da família, ao contrário dos irmãos, que são livres para convidar as namoradinhas para fins de semana em Paris. Desde pequeno, Rodrigo precisou lidar com os abusos verbais frequentes que ridicularizavam seus trejeitos, os quais traduzem sua personalidade dócil, quase tímida. Isso o tornou uma pessoa melhor, não pior. O sofrimento tem poder transformador, mas esse poder é neutro, pode ir para qualquer direção, e essa direção muitas vezes é aleatória, calcada em algum lugar do inconsciente, e quando vemos, estamos lá. Ana Cândida permanece estagnada, sua tentativa de mudança atua só na superfície, motivada por demandas externas, não é um incômodo existencial. É tão pouco autoconsciente que acho que nem sabe que é gorda.

Outro dia, durante uma festa, ela sentou ao meu lado e emendou um discurso pronto, que deve ter achado que agradaria a mim e a meus amigos: Sabe, Vivian, a elite brasileira é muito ignorante, não valoriza a cultura, um horror. O sonho dessa gente é morar em Miami. Antes, era muito melhor, as pessoas colecionavam arte, tinham livros em casa, todo mundo queria ser europeu, e não americano. Enquanto ouvia, eu só conseguia pensar no dinheiro que gastaria com botox, já que minha expressão facial se contorcia a cada frase. A dermatologista me aconselhou a maneirar até nos sorrisos para evitar as rugas, imagina se tivesse me visto daquele jeito, praticamente um xar pei. Na última consulta, eu avisei, não consigo, sou péssima atriz, é mais fácil me afastar, mais uma vez, da Ana Cândida.

4.

Na infância, eu era uma boa menina, fazia tudo certo, não cometia nenhuma gafe, como usar mochila do Aladdin no ano da Pocahontas. O material escolar seguia à risca o calendário dos filmes do ano. Era uma versão infantil da semana de moda. A partir dos dez anos, os códigos se aproximaram alguns passos do mundo adulto, ganharam a mesma rigidez do placement, e as mochilas temáticas foram substituídas por camisetas que anunciavam seu preço nas logomarcas estampadas em letras grandes: Calvin Klein, Donna Karan, Ralph Lauren. Eu obedecia a tudo, não havia motivo para que minha aceitação não estivesse garantida. Então por que de repente eu não conseguia mais me comunicar com minhas amigas? Algo escapava desse esquema que até então parecia tão cartesiano, ação e reação, ato e consequência, como uma linguagem que é desenvolvida, eu emito alguns sons e o outro imediatamente entende. Do nada, tudo o que eu falava soava estranho, como se fosse de outro universo ou algo ridículo. A mudança súbita da criança alegre para a adolescente melancólica parecia definitiva demais para ser mera expressão da puberdade. Fui a um médico, depois a um psicólogo e então a um psiquiatra, e o diagnóstico foi o mesmo: uma doença psíquica. A solução era simples, um remedinho, não diferente de uma aspirina, em poucos meses, no máximo um ano, eu voltaria a ser uma menina normal. Não foi isso que aconteceu, ao contrário, piorei. A depressão que se consolidava de forma cada vez mais intensa tinha fundo social, químico ou existencial?

Marina Falcão diz que eu sempre fui excessivamente patologizada. Talvez meus pais tenham ficado traumatizados em parar a vida durante um ano para tratar minha toxoplasmose aos nove meses de idade. Ainda bebê, tive outro problema, no intestino, e foi necessária uma biópsia. Toda mulher grávida olha para sua barriga e suspira esperançosa: o bebê vai ser perfeito. Mas nasce um ser humano imperfeito, com vontades próprias, desobediente, rebelde, e é como se o boneco viesse quebrado, sem possibilidade de devolução. A toxoplasmose voltou uma década depois, atingiu meu globo ocular. A visão do meu olho direito foi quase toda embora. E a partir daí vieram as crises de choro, a timidez súbita, beirando a mudez, o medo de ir para a escola, a dificuldade de acompanhar as matérias. É evidente que os fenômenos estão interligados, mas não lembro muito bem. A depressão pode ser resultado da cortisona do tratamento, seria uma explicação lógica, química, objetiva. É confortável e categorizável, a culpa não é de ninguém, fizemos tudo certo, só perdemos na loteria, nossa filha é doente. Eu gostaria que minhas memórias dessa época não fossem tão rarefeitas para que eu pudesse articular uma narrativa coesa. Não sei se é correto chamar de trauma, sempre aceitei tudo de maneira tão estoica, obediente às prescrições médicas, vinte comprimidos por dia, no almoço e no jantar. E, logo em seguida, a angústia de perceber que minha personalidade não se formava de acordo com as expectativas.

Além da medicação, Maria Elisa lançou mão de uma miríade de meios a fim de aprimorar minhas habilidades sociais: aula de teatro, aula de dança, aula de pintura, aula de ginástica, meditação, cantoterapia, yoga, reiki. Havia ainda outras atividades, mais místicas, digamos, como visita às freiras enclausuradas, sessões de exorcismo, viagens ao santuário de Fátima, Lourdes, Aparecida. Sobretudo, era terminantemente proibido contar aos outros que eu frequentava um psiquiatra. Não adiantava nada, as pessoas percebiam. Durante o recreio, eu tinha crises de choro na cabine do banheiro, passava aquela meia hora sentada na privada, encarando a porta a quarenta centímetros do meu rosto, ou então agachada no chão sujo, embaixo do papel higiênico, encarando meu próprio vômito causado pelos efeitos colaterais dos remédios. O resto de Ruffles boiando num líquido sujo e opaco. Todo dia isso até o sinal tocar, eu enfiar um chiclete na boca para tirar o hálito de estômago, apertar as bochechas em busca do tom rosado de saúde, e voltar para a aula de matemática. Marina Falcão, sem paciência, interrompe meu relato: Vivian, você tem depressão, não anemia. Se você estava chorando e vomitando, já estava vermelha. Ora, é tão nítida a memória da minha figura se olhando no espelho da pia à procura de algum artifício que pudesse ocultar o que tinha acabado de acontecer. Será que eu devia só lavar o rosto com água fria para eliminar o inchaço? É difícil definir com exatidão, se ninguém viu, nada aconteceu, eu repetia. E assim toda uma existência é vivida por baixo do tapete. Se as pessoas do meu entorno não viam com seus próprios olhos meu choro diário, e não recebiam a informação explícita de que eu estava com alguma doença mental, era como se nada daquilo existisse.

Não raro, algum médico dizia que era apenas baixa tolerância à frustração. Minha mãe alternava entre acreditar nesse veredito e me culpar pela incapacidade de acompanhar o ritmo escolar, "Agora você vai deixar de ser mimada", e o discurso totalmente focado na química do cérebro, que a fazia correr para o médico sempre que meu comportamento saía um pouco do controle, aumentando os remédios. Maria Elisa perguntava: Como Vivian pode ter depressão se eu a ouço rindo alto trancada no quarto enquanto assiste *Friends*?, e o psiquiatra vinha com bipolaridade, ciclotimia, até mesmo borderline, e tudo ficava bem de novo, porque havia algo novo a ser apontado. Desconheço como seria a minha personalidade caso não fosse tão medicada, porque tenho poucas lembranças da época anterior à toxoplasmose. É como se o tempo anterior a isso fosse uma vida passada que só consigo acessar através de uma vaga intuição, pouco confiável, suscetível a ser invadida pela ficção.

Eu fui um bebê de doze anos, cloridrato de imipramina me pariu, e toda vez que a medicação era trocada eu reencarnava no mesmo corpo, com alterações de comportamento que fugiam ao meu controle. Assim, meus pais podiam criar uma nova versão de mim mesma, a um comprimido de distância, até sumir a tristeza, a revolta, a angústia, a fome, os julgamentos dos vizinhos, dos colegas do clube de golfe e da turma de Búzios. A Vivian Noronha ideal seria magra, sem a compulsão alimentar causada pelo último antipsicótico, sociável na medida certa, sempre sorridente, sem as assustadoras crises de raiva daquela maldita venlafaxina, melhor aluna da classe, obrigada, Ritalina. O Topamax não deu muito certo, aumentou meus pensamentos suicidas, mas ao menos diminuiu o apetite, de repente estava comendo uma muçarela de búfala por dia, nada mais que isso, o contraponto ideal ao Zyprexa. Meus pais acreditavam que eu seria mais feliz se fosse adequada e, portanto, aceita. Eu sofria muito com essas mudanças medicamentosas. A Vivian antiga era a todo momento soterrada por características que me atingiam de surpresa. Maria Elisa mantinha viva a esperança de que, apesar de todos os revertérios, encontraríamos a combinação perfeita que me transformaria no bebê ideal que ela nunca concebeu.

Há detalhes que ganham proporções excessivas a ponto de desestruturarem a paz familiar. Maria Elisa se apegava a pequenos atritos de ordem prática, como o fato de eu ser destra na hora de escrever, mas canhota na hora de comer. Toda refeição ela repetia: Não faz sentido, é só estar atenta aos padrões inconscientes. Eu vou te inscrever logo na Programação Neurolinguística. Sua avó, com todos seus defeitos, era muito sábia e sempre dizia que não se muda o temperamento, se muda o comportamento. É isso! Não satisfeita, mamãe continuava, a qualquer momento do dia, a imprimir seus ditames: Você precisa ser racée, não usa um salto tão alto, não usa vestidos tão curtos, não pinta as unhas de vermelho, está horrorosa, vulgar. Vivian, olha no olho, você fica quieta, muda, distante, parece autista. Timidez só é aceitável até os seis anos, depois é falta de traquejo. Eu vou te colocar num curso de modelos só para você deixar de se arrastar como um rinoceronte. Não anda igual caubói, não cumprimenta as pessoas igual a um touro, não fala sobre sua própria vida. O principal truque de sedução é perguntar sobre os interesses da outra pessoa, lembra disso. Não sai de casa despenteada. É sinal de respeito ao outro estar sempre soignée. Não repete em público que você não quer ter filhos, é desagradável. Assim homem nenhum vai te querer. Não pratica ativismo gay na internet, podem te confundir com lésbica, e então, como você vai fazer? Quer dizer, não sou homofóbica, de vez em quando, tudo bem, mas não muito. Chega, semana que vem você começa a Terapia Cognitiva Comportamental.

Aos doze anos, pouco depois que fui diagnosticada com depressão e comecei a tomar moderadores de humor, adquiri um hábito que até hoje acho inofensivo, mas que incomodava meus pais. À noite, quando todos já estavam prestes a dormir, eu ficava sozinha na sala, lendo um livro, e quando alguma ideia me despertava a atenção, eu dava uma volta em torno da mesa de jantar para digerir meus pensamentos, ia até o escritório, onde estava a bonita biblioteca inglesa com vista para o mar, e voltava. Se a ideia fosse estimulante o suficiente, eu acelerava meus passos, a ponto de às vezes correr, dando pequenos saltinhos, pressionando meu calcanhar no chão de taco, e na euforia não raro trombava com a parede, usando as mãos para amortecer o impacto, o que deixava uma marca sutil na pintura, aí dava meia-volta e abria a geladeira. Todo mundo abre a geladeira para pensar. Todo mundo dá pequenos saltinhos enquanto corre de improviso. Mas, por algum motivo, meu modus operandi causava imensa consternação familiar, a ponto de ser motivo de reuniões temáticas em busca de uma intervenção. O que os vizinhos vão pensar, que temos um cavalo em casa?, perguntavam papai, mamãe, vovó. Ora, não importa o que os vizinhos pensam, não são nossos amigos, o barulho é apenas na sala, a metros de distância dos quartos, não atrapalha o sono de ninguém. É, inclusive, um alívio de ansiedade gratuito, seria pior se eu descontasse isso em roupas, álcool, drogas, sexo, até mesmo gravidez na adolescência. As constantes andanças em torno da mesa de jantar eram algo inédito, que não ocorria nos filmes, na televisão, nos anúncios. Isso era levado tanto para a terapia familiar quanto para meu psiquiatra: Vivian precisa tomar algum remédio a mais que a faça parar de andar desse jeito dando saltinhos, dizia Maria Elisa. E eu resistia, gostava de andar daquele jeito, me fazia bem, por que tomar um remédio extra, com possíveis efeitos colaterais, só porque os vizinhos podiam achar aquilo estranho?

No núcleo familiar, a expulsão não pode ser considerada, pois o amor entre pais e filhos é natural, incondicional, obrigatório. Não sei se amor compulsório entre membros de uma família vale tanto quanto o amor genuíno, mas o que é amor de verdade? Isso ninguém sabe. É paradoxal, um sentimento abstrato, que não tem limites, como minha mãe gosta de dizer ao me encher de beijos, mas está confinado numa estrutura rígida, necessariamente limitada. Nós tentamos emular uma ideia de amor, mas estamos no escuro, só nos resta uma sensação intensa, por vezes prazerosa — e, de brinde, ainda ganhamos um certo verniz moral. Até na adolescência, quando eu já tinha estatura de adulta, minha mãe me abraçava contra meu consentimento, apertava forte, como se eu fosse um urso de pelúcia, inanimado. Não adiantava dizer não, não, não, era um gesto de carinho, sorte minha, mamãe me ama muito. Se tentasse me desvencilhar à força seria considerada agressiva. E, num momento oportuno, espiritualmente calmo e fisicamente distante, talvez separadas por uma mesa formal num restaurante chique, se eu porventura dissesse como aquilo me sufocava, em termos literais e metafóricos, seria considerada fria e insensível, até má.

É a regra do jogo, caso você se recuse a participar da narrativa, se prepare, não vai acontecer nenhuma rejeição explícita, mas sim um limbo, um vácuo, uma mistura estranha de amor, ou pelo menos do que se entende por amor, mas também de raiva, perplexidade e ressentimento. Eles repetem, automáticos: Você é nossa filha, te amamos, te aceitamos, desejamos a sua felicidade. Acham que isso é verdade, não sabem como agir, como pensar. O bebê se recusou a assinar o contrato que garante à família uma reparação pelo gasto de tempo e dinheiro naquele pequeno ser humano. Todos nós trabalhamos na área de fusões e aquisições. Antes de dormir, quando os sonhos misturam-se aos pensamentos conscientes, aquelas lembranças do dia que acabou de passar, junto com os planos para amanhã, meu pai ou minha mãe devem pensar a meu respeito: Vivian, minha querida, doidinha mas muito amada, você foi responsável por décadas de investimento no lixo. E, caso sejam cínicos, ou tenham senso de humor, completariam: Talvez tivesse sido melhor ter comprado um barco.

5.

Nossa família costumava frequentar aos domingos uma igreja longe de casa, onde a missa era curta, nunca mais de quarenta minutos, e havia estacionamento no pátio. Na Paz de Cristo cumprimentávamos amigos e conhecidos sorridentes nas fileiras da frente, era uma festinha, uma alegria social. A comunhão era mais solene, demandava uma postura ambígua, por um lado humilde, representada pelos passos lentos, cabeça baixa, gestuais contidos, um desfile discreto no tapete vermelho perfeito, mas era preciso roupa, cabelo, pele impecáveis, sempre, não necessariamente em respeito a Jesus. É engraçado, o padre parecia meio comunista, sempre que podia lançava uma indireta contra aqueles fariseus. Em vão, é lógico, ninguém o ouvia, estavam preocupados com outras coisas. Mesmo no púlpito, com o holofote, o figurino e a autoridade, toda a mise en scène sob medida para intimidação da plateia, para aquelas pessoas ele não passava de um acessório, um figurante tão importante quanto um garçom, cuja interação se limita a servir vinho, e olhe lá. Na saída, era capaz da conversa entre amigos e conhecidos se estender por quase uma hora, e quem sabe emendar para o jantar, uma pizza informal de domingo. Sei que algumas dessas pessoas eram importantes para a vida profissional do meu pai, daí a necessidade de estar presente, independente do conteúdo da homilia. Sobretudo, era a missa que frequentava a família de Mimi de la Blétière.

Segundo um colunista social, Mimi de la Blétière fala com igual devoção de Deus e de Ibrahim Sued. Era quase impossível não fazer troça do amplo repertório de expressões cunhadas por Mimi. Modéstia à parte, o céu amanheceu belíssimo, sem nenhuma nuvem!, ela costumava dizer. Não deixava de ser um ato falho: Mimi era uma espécie de alfândega informal daquele microcosmo social. Seu poder de veto e aprovação era quase divino entre seus pares. As reuniões semanais para rezar o terço na sua casa eram um ritual de iniciação obrigatório para quem desejasse frequentar aquele ambiente. Seu signature look a diferenciava das outras peruas: roupas largas, sempre em tons pastéis, echarpes esvoaçantes, sombra de olho em azul-céu, por toda a superfície da pálpebra, para combinar com a íris, joias poderosas, nada discretas. Segundo meu amigo Rodrigo, Mimi de la Blétière fazia cosplay de Nossa Senhora das Graças.

Sua filosofia de vida: Deus criou as marias-sem-vergonha e as palmeiras-imperiais. Era o mantra que ela repetia aos sete filhos. Esse determinismo era rígido para questões sociopolíticas mas não valia para sua vida pessoal. Era como se o tribunal das pequenas causas funcionasse de forma especialmente eficaz na justiça divina. Por exemplo, Mimi sempre se incomodou com seu jardim estreito, que não comportava uma piscina. E o terreno ao lado, enorme, ocupado apenas por uma casinha, tão pequenina, délabrée. Wagner Pereira, seu marido, era só um rico genérico, com talento para negócios mas meio apagado, sem grande personalidade; ele tem muito valor, é pessoa verdadeira, autêntica, que não esconde suas origens, sempre conta as histórias da infância. Wagner Pereira surfava no carisma natural da mulher e fazia coro com suas demandas: Esse tipo pode até mesmo desvalorizar a região. Mimi, portanto, resolveu tomar uma atitude, fez uma proposta ao vizinho, de certa forma generosa, mas prontamente recusada. Mimi rezou, rezou, rezou. O vizinho morreu atropelado no mês seguinte. Como os filhos brigavam pela herança, chegaram a um acordo pela metade do preço proposto a princípio, contanto que a compra fosse realizada de imediato, com dinheiro vivo. Quem acredita sempre alcança. A piscina foi construída. Deus tudo vê.

Foi uma grande conquista familiar quando minha irmã Laura se casou com Eudes de la Blétière. Os dois tinham atributos físicos que remetiam à infância: ele com cabelo loiro e sedoso, repartido na lateral, impecável, bochechas salientes e rosadas, e parecia gordo mesmo sendo magro; ela com rosto anguloso, porte mignon, corpo quase pré-adolescente, levemente anoréxica, parecia baixa mesmo sendo alta. Um casal com aspecto um tanto assexuado. O romance engatou quando viajaram junto com uma turma de amigos para os Hamptons. Laura tinha feito mestrado em Princeton, trabalhou na Monsanto, em Saint Louis, e depois foi contratada pela Bayer e voltou para Nova York (morava no Upper West Side). Eudes era funcionário da Goldman Sachs. A ideia inicial era que formassem um power couple, uma proposta até mesmo um pouco subversiva, uma vez que as jovens mulheres daquele grupo seguiam um destes três caminhos: uma profissão decorativa, que demandasse poucas horas de trabalho, como designer de joias, poeta ou consultora de imagem; uma carreira que até podia ser bem-sucedida, mas em áreas estritamente femininas, como moda ou confeitaria; ou qualquer outro ofício contanto que fosse abandonado assim que chegassem os primeiros filhos.

A narrativa saiu do controle quando voltaram ao Brasil em 2012 e Laura foi alçada à diretoria da mineradora Samarco, enquanto Eudes estacionou num cargo mediano no Santander. A partir daí, elaboraram um esquema que não deixasse evidente que a dinâmica alfa e beta do casal estava invertida: ela pagava o apartamento, escola bilíngue das crianças, empregada, motorista, viagens, enfim, o grosso das despesas, e ele oferecia o cartão de crédito nos jantares com amigos. Mais tarde, quando ele foi demitido, e ficou quase um ano desempregado, a performance continuava igual, mas o cartão de crédito que ele oferecia, na verdade, pertencia à Laura. Não raro, pessoas de fora do círculo original acreditavam que minha irmã tinha casado com um homem muito rico, que bancava suas extravagâncias. O casal não desmentia, ao contrário, sutilmente até estimulava. Nessa versão, Laura não era a mulher meio feiosa de um pobre coitado que vivia da mesada dos pais, e sim uma sortuda que conquistou o amor de um príncipe. Laura, aos olhos do mundo, deveria ter algum je ne sais quoi, imagina, fisgar um bom partido, com berço e posses. Era quase como se ela fosse uma Wallis Simpson, paparicada pelo marido rico: bolsas, sapatos, viagens, obras de arte. E, assim, ela teria alcançado o símbolo de status supremo da feminilidade clássica.

Aos dezoito anos, Laura trabalhou alguns meses como vendedora da Daslu, em São Paulo. Era o rito de passagem para todas as meninas daquela geração, antes dos escândalos, sonegação de impostos, Polícia Federal. Para isso, valia a pena mudar de cidade, lançar mão de qualquer pistolão, postergar a PUC para o segundo semestre. Nesse período, ficou hospedada na casa da tia gordota, uma das maiores consumidoras da loja, e acredito que isso a tenha ajudado a conseguir a vaga. Laura gastava ali mesmo todo o salário. Era muito importante ter uma Chanel 2.55. Mamãe dizia: Nada mais classe média que liquidar todas as suas míseras economias com esse tipo de coisa, demonstra insegurança. Minha mãe tem mais entendimento das dinâmicas de classe do que muita gente da família do meu pai. Ela consegue performar como se fosse a herdeira de uma grande fortuna que não quer ostentar dinheiro, quando, na verdade, nunca teve esse dinheiro todo. Seus pais, que já morreram, eram professores universitários — segundo ela, marxistas! O que, pensando bem, faz algum sentido.

Laura começou a estagiar na corretora de valores de um amigo da família logo no primeiro período da faculdade. Sua dedicação ao sucesso era impulsionada por um rigor estoico. Não bebia, não fumava, não usava drogas, não comia carne, praticava yoga e pilates, jogava tênis e squash. Todo mês aparecia com uma bolsa ou um par de sapatos novos. Nunca frequentou a modesta casa de praia da família porque sempre surgia um convite para viajar com alguém que tinha uma ilha em Angra. Vicky, sua melhor amiga, morava numa casa que ocupava um quarteirão inteiro no Leblon, embora não pagasse ao vendedor de balas que tinha uma barraquinha na frente da escola, um senhorzinho fofo, desdentado. A garota dizia que não tinha dinheiro, sempre com um sorriso no rosto, excesso de autoconfiança de quem jamais tinha sido rejeitada, e uma retórica convincente, que misturava persuasão com teatro, como se treinasse para assumir a empresa do pai. E depois esquecia. Laura ficava com pena, cobria as dívidas da amiga, às vezes comprava um sorvete a mais para ajudar o homem, perguntava a respeito da sua vida. A empatia não se traduzia em indignação, nunca expressou nenhum tipo de crítica, mantinha-se ao lado da Vicky todos os fins de semana, passeando de lancha, cavalgando na fazenda, esquiando em Aspen. No máximo, em casa, fazia um comentário condescendente: Coitada, a Vicky é muito fora da realidade, nem deve passar pela cabeça dela que o senhorzinho precisa daqueles trocados para o ônibus. Em seguida, romantizava o sufoco do homem: Tão digno!

Intuitivamente, Laura colocava em prática um conceito muito difundido nas principais metrópoles do mundo: o rico a tiracolo. É algo comum entre as pessoas de classe média, classe média alta, quer dizer, gente que também é meio rica, mas não rica de verdade. Afinal, convenhamos, é preciso ter um orçamento mínimo para acompanhar certas extravagâncias. O rico a tiracolo empresta o helicóptero, hospeda no apartamento parisiense, convida para passeio de barco na Córsega. Em troca, o simples mortal precisa estar sempre bem-disposto, nunca reclamar, topar todas as sugestões, como se fosse um animador de festa infantil que vive para agradar o seu rico. A relação de poder é circular, porque rico é muito carente. De certa forma, Vicky precisa mais da Laura que a Laura da Vicky. Às vezes, o tiro sai pela culatra, quando, do nada, resolvem dividir por igual a conta do restaurante, daí são mil euros por cabeça, não importa quem pediu a salada, quem pediu as trufas, quem bebeu vinho, quem bebeu água, quem é herdeiro de banco, quem vive de salário. Vicky é meio perversinha, gostava de fazer esse tipo de coisa com a Laura. Mas, na ponta do lápis, juntando todas as variáveis, mesmo aquelas difíceis de mensurar, valia a pena.

Laura resultou num excelente investimento, deu lucro. Foi um dinheiro bem gasto: o enxoval caprichado, as aulas de balé, a festa de casamento no clube de golfe, quinhentos convidados no salão principal, quantidade considerada discreta e íntima, só amigos próximos, só as pessoas certas. Sua função de filha é desempenhada com maestria, cumpre bem o papel que lhe foi designado, o contrato assinado em seu nome ao ser registrada como Noronha. No entanto, como um bebê que não sabe ler nem escrever pode estar ciente dessas cláusulas? É um comprometimento muito duro para regras tão arbitrárias. Toda uma existência para agradar um grupo de pessoas que eles próprios consideram fúteis, parvos, deselegantes. Dinheiro atrai contatos que atraem dinheiro que compra quadros que enfeitam a casa, que impressiona as visitas, para então o ciclo recomeçar, como um esquema de pirâmide em que diferentes tipos de capital são acumulados, um ajudando ao outro, como se subissem uma escada de mãos dadas, tão fofinhos e cooperativos, e continuamos, com a promessa de que um dia, talvez um dia, o dinheiro possa ser gasto não com investimento ou momentos de gozo superficial que só atrofiam a existência, a pequenez de sempre sempre sempre esperar algo em troca do universo, mas sim gasto com qualquer fruição despreocupada, sem interesse em resultados, qualquer coisa que faça expandir a alma, transcender as preocupações mesquinhas da sociabilidade, qualquer coisa. Veja bem, só estou advogando por uma nova forma de gastar dinheiro, nada revolucionário. Mas para isso seriam necessários outros aprendizados que não estão disponíveis para nós.

6.

Sexo sempre foi um não assunto na minha casa. Por muito tempo, ainda criança, mamãe entrava de surpresa no meu quarto, para checar minhas mãos. Se não estavam à mostra, ela levantava o cobertor, de forma abrupta, quase agressiva. Não raro, eu estava de fato me masturbando, embora não soubesse o significado daquilo, eram apenas sensações. Ao longo dos anos, à medida que a infância ia ficando para trás e eu ia sendo exposta a imagens sem filtro do mundo adulto, essas sensações passaram a ser acompanhadas de fantasias, muitas delas proibidas, que eu não admitia nem para o psicanalista, com medo de alguma revelação não desejada; talvez essas fantasias fossem sintomas de alguma anormalidade e eu precisasse tomar ainda mais remédios, uma combinação de antidepressivos que domasse meu desejo, tornando-o legível e dócil. Ou, então, ainda pior, podia ser obrigada a lidar com tratamentos dolorosos, constrangedores, humilhantes. Foi bem mais tarde que descobri que essas fantasias sexuais não me tornavam nenhum Marquês de Sade. Ao contrário, eram bem comuns, quase normativas, clichê.

Naquela idade mais vulnerável, cada toque inapropriado, cada imagem libidinosa que surgia na minha mente, sempre de modo traiçoeiro e inadvertido, era acompanhada de uma invasão súbita de terror e culpa. Eu pedia perdão, fazia pequenos acordos, vinte minutos de pensamentos sexuais e em troca eu rezaria o terço, e se fosse alguma perversão especialmente pecaminosa, completaria o rosário. Na mesa de cabeceira, havia um presépio improvisado e vários anjos e santos extras que minha mãe trazia das viagens, cada um num estilo e material diferente, e eu até tentava guardá-los no armário para não ter que encarar meu próprio pecado, mas no dia seguinte estavam ali de novo, prontos para me julgar. Sempre quando ouvia o barulho da maçaneta, seguido pelo ranger das ferragens antigas, tirava rapidamente os braços para fora, deixando-os paralelos ao meu corpo, rígidos como um defunto ou prostrados, e mesmo assim era interrogada: O que você estava fazendo?, Maria Elisa perguntava, ríspida, com a voz trêmula, como se também não soubesse como agir: Sua mão está com cheirinho. Até a bronca era infantilizadora.

Aos vinte e dois anos, perdi a virgindade com um garoto que tinha conhecido na festa de casamento de

Vicky. Era muito bonito, primo da noiva, e embora fosse da minha idade, foi padrinho junto com a minha irmã, que na época era solteira. Ele disse: Acabei de ganhar um apartamento dos meus pais, em São Conrado. Tem dois quartos, uma varanda gostosa, vista para a montanha. Vem comigo, fumamos um, conversamos com calma. Estou de carro, posso te devolver depois, sã e salva. Eu era tão boba, não entendi que aquilo era um eufemismo para sexo. O ato em si foi uma experiência desconfortável e burocrática, me senti indiferente. Em seguida, em vez de me levar para casa conforme prometido, ele se virou de costas e foi dormir. Não foi isso que combinamos. Você acha que eu sou o quê, uma prostituta?, perguntei. Meu moralismo era autêntico, eu era aquela mulher. Garota, quantos anos você tem?! Achei que você era adulta, mas aparentemente me enganei, ele resmungou, antes de fechar a porta do quarto na minha cara e me deixar sozinha na sala.

Às onze e meia da manhã, desci até a portaria e caminhei pela rua interna do condomínio, rente ao gramado bem cuidado, passando pelo parquinho das crianças e pela piscina da área comum, meio perdida entre aquela sucessão de prédios idênticos. Quando cheguei à guarita, sem saber como sair dali, fiquei parada em frente à pista de alta velocidade, sem conseguir atravessar a rua, sem quarteirão para virar a esquina. Em cima do portão, um espelho convexo distorcia minha imagem trágica, decadente, nojenta: o vestido de seda e paetês, minhas pernas sem a meia-calça, o cabelo despenteado, olhos sujos de rímel, batom borrado. Eu estava certa, não o rapaz: aquele era o figurino perfeito de uma prostituta de filme.

Nunca ia arrumar um namorado, não depois disso. Eu queria arrumar um namorado, e então casar, sair de casa, de repente morar fora do país, em outro continente, longe do resto da família, finalmente me livraria de toda aquela opressão, eu podia casar com um diplomata, quem sabe? Agora não mais, a não ser que surgisse alguém desavisado, bem-educado, mas sem amigos em comum, ignorante a respeito da minha história. Era preciso encontrar outra estrada, ir para algum lugar onde minha reputação não importasse, porque eu nunca mais poderia voltar para casa, agora eu não tinha mais escolha, não seria mais bem-vinda, era preciso encontrar outra família, mas como, agora que não ia mais arrumar namorado? Quarenta minutos depois, passou um táxi.

Quando cheguei em casa, encontrei a mesma mãe que patrulhava minha masturbação. Passados quinze anos, ainda era a mesma pessoa, até pior, porque eu era a concretização de seus maiores medos, a filha piranha e mal-educada, o lembrete de que deveria ter sido mais rígida, a prova do seu fracasso. A cidade inteira está te procurando. Liguei para todas as suas amigas. Vivian, não se atreva a mentir para mim: Algum menino te viu nua? Aos prantos, eu respondi que sim, e contei da promessa não cumprida de me levar de volta para casa de carro. Achei que mamãe fosse me chamar de vagabunda, e talvez ela tenha mesmo chamado. Mas, na minha memória, o mais explosivo foi sua fúria em relação ao rapaz, cafajeste, cafajeste, cafajeste! Parecia a reação que uma mãe teria se a filha tivesse sido estuprada. Quer dizer, segundo sua sempre peculiar escolha de termos, estuprada por um menino. Meu estado de perplexidade diante da maneira como ela lidou com aquilo se estendeu por dias. Se eu tivesse a maturidade necessária na época poderia retrucar: Relaxa, mãe, é só um babaca, igual a todos os outros, o sexo foi bom, o pós-coito que não.

Depois desse dia, mamãe me levou pela primeira vez para sua ginecologista de longa data. Nem na minha primeira menstruação o assunto tinha vindo à tona. Fomos juntas, fiz os exames, deu tudo certo, e saí de lá com uma receita para uma vacina preventiva de HPV. Mil reais uma vacina?! Vamos esperar o próximo mês, não vai fazer diferença, disse mamãe, como se fosse impossível que eu transasse com alguém ao longo daqueles dias. Por algum tempo, eu a cobrei a respeito, ou o assunto era abortado ou ela fingia estar ocupada. Era um pouco demais gastar aquela quantia para lidar com a falta de noção da própria filha fornicando pela cidade. Talvez, se a ideia desvanecesse de sua mente, a filha permaneceria impoluta, não haveria por que se preocupar com doenças. E aí os mil reais poderiam ir para um sapato.

Por muitos anos, evitei compartilhar essa história, principalmente com as amigas, meninas, heterossexuais, com trajetórias afetivas que eu invejava, porque haviam perdido a virgindade com o namorado, ainda na adolescência. Eu imaginava que tinham descoberto a sexualidade com alguém que amavam e confiavam, de forma natural. Na verdade, evitava até pensar nessa história e quando, inadvertidamente, ela ressurgia, se formava na minha cabeça a imagem de mim mesma deitada, estática e assustada, olhando para o teto, o homem nu me penetrando, e a imagem de todas as vezes que fiz sexo de um jeito parecido, como uma múmia, ou uma mulher que está sendo estuprada, mesmo que obviamente não fosse o caso. Antes da penetração, quando o rapaz sem rosto fez sexo oral em mim, senti o maior prazer da minha vida, e penso que nada mais vai se igualar àquela sensação. Hoje, o único momento que eu preciso fingir orgasmo é quando recebo sexo oral.

7.

Alberto Barbosa Ribas é meu padrinho de batismo. Não raro, quando papai estava em dificuldades financeiras, com risco de precisar vender um quadro, uma sala comercial no centro ou, ainda pior, uma casa, era socorrido por tio Alberto. A profissão dele é comprar empresas que estão prestes a entrar em falência, e tio Alberto tem tantas empresas que sempre arranja um lugar na diretoria ou no conselho para papai. Minha família se refere a isso com certo distanciamento, como se fosse um hobby, uma coleção de selos, mapas antigos, discos de vinil, estaleiros, frigoríficos, petroleiras. Quando papai se emociona com a amizade entre os dois tenho quase certeza de que é porque parte considerável do nosso dinheiro existe por causa do tio Alberto. Os caminhos do dinheiro são sempre levemente escusos, como na alquimia.

O que fica é a matéria, o resultado, o visível, é o verbo que se faz carne e habita entre nós.

Recentemente, foi uma editora de revistas femininas, o que resultou em dezenas de funcionários sem emprego, com salários atrasados e rescisões que jamais serão pagas. O ascensorista com câncer foi obrigado a interromper o tratamento por conta da ausência súbita de plano de saúde. Essa história viralizou, a internet se comoveu, uma vaquinha foi feita, e enfim conseguiram dinheiro suficiente pelo menos para a radioterapia. Maria Elisa ficou preocupadíssima, chegou a contribuir com uma quantia generosa, e quando soube do resultado positivo ficou muito feliz, aliviada, acendeu uma vela, disse que na vida tudo se resolve, graças a Deus.

Aos dezesseis anos, fui à festa de aniversário da irmã mais nova de Vicky, em Búzios. Não chegou a ser propriamente um convite. Eu estava na cidade durante o feriado, com meus pais já fazia três dias. No sábado, Maria Elisa me comunicou que eu tinha sido convidada, o que era estranho, não conhecia ninguém, no máximo de falar oi, tudo bem. Provavelmente foi uma gentileza entre adultos que pouco me dizia respeito. Não avisaram o horário, tampouco a programação, achamos que seria um jantar ou algo do tipo, e quando cheguei, sete da noite, já havia acabado o late lunch. De sobras, só a torta alemã. Mais tarde, quando os adultos já tinham ido dormir, fomos para a sala de televisão jogar cartas, video game, mímica. Éramos oito meninas e três meninos, entre eles Albertinho, filho do tio Alberto. Em certo momento, alguém trouxe uma vodca da cozinha e sugeriu que jogássemos Verdade ou Consequência. Depois de alguma relutância, todos concordaram.

Naquela versão do jogo, um pouco diferente da tradicional, você podia se recusar a responder, mas, como consequência, tinha que beber um copo. Albertinho parecia ter informações privilegiadas sobre a minha vida, porque suas perguntas eram bem específicas. Anos antes, tio Alberto precisou interceder para facilitar minhas inúmeras mudanças de escola ao longo da adolescência, quase sempre no meio do ano letivo, em caráter de urgência. No início, Albertinho apenas perguntou, sem maldade aparente: Por que você mudou de colégio em abril, e não no mês normal? Fui evasiva: Estava doente. Em seguida, ele foi além, quis saber que doença, eu fiquei quieta, preferi beber. Chegou a vez dos outros participarem, me acalmei, os assuntos eram referentes a outras coisas, fofocas, amizades, maconha, beijos, sexo. Logo, Albertinho estava de novo no comando: Você é autista?, e eu respondi que não, e na rodada seguinte: Você tem algum tipo de doença mental?, e para não me expor, conforme mamãe me ensinou, bebi a vodca. O interrogatório ficava cada vez mais inadequado, constrangedor, perverso, uma mistura de palpites corretos e errados, como se ele tivesse apenas parte da informação e quisesse não só descobrir o resto, como divulgar para o público. Você toma remédios psiquiátricos? Já esteve no hospício? Já tentou suicídio? Já cortou seu braço com uma faca? Na hora, eu achava que as respostas eram sim, mesmo que na verdade fossem não, mas por via das dúvidas, a fim de manter minha privacidade, bebi a vodca, três copos seguidos e não sei quantos antes, e de estômago vazio.

Sempre fui um fracasso como suicida. No máximo, para escapar da opressão que é um quarto inteiro forrado de toile de Jouy cor-de-rosa, eu sentava no parapeito da janela, com o pátio do prédio vinte metros abaixo de mim, e fumava cigarros sem tragar, buscando um glamour qualquer. Na caixa do ar-condicionado, suspenso para fora da janela, ficava um cinzeiro velho onde eu apagava os cigarros quase inteiros, era como se eu tivesse à minha disposição uma simpática mesinha de cabeceira, suspensa no ar. Em outros momentos, mais ousados, arrancava os cadarços dos tênis, improvisava uma forca em qualquer lugar, no armário de cima, no lustre de gesso, tanto faz. Com a corda no pescoço, na pontinha dos pés, ensaiava derrubar a cadeira giratória, que deslizava de um lado para o outro, gerando um barato de adrenalina como se fosse um esporte radical, tipo pular de paraquedas. Caso alguma coisa acontecesse, era só gritar que minha mãe ouviria.

De fato, um dia, ela ouviu, e foi terrível, reunião de família, psiquiatra convocado de emergência, em pleno domingo. No banheiro, eu chorava na frente do espelho, compulsiva e silenciosa, e analisava meu rosto deformado e vermelho, quase belo de asqueroso, como uma gravura bem sofrida do Goya. De castigo, conforme julguei na época, fui internada numa clínica psiquiátrica nas redondezas. A primeira coisa que pensei quando vi o meu quarto é que é assim que devem ser os presídios na Noruega. Oito metros quadrados, cama de solteiro bem-feita, coberta confortável, mesa e cadeira para leitura. A janela era gradeada apesar de ser no segundo andar. Ninguém ia morrer pulando daquela altura, no máximo ia quebrar um pé, impossibilitando uma fuga, as grades quadriculadas tinham apenas fins de humilhação, para lembrar que ali não era um quarto de hospital, muito menos de hotel, nem mesmo aqueles bem simples e básicos que ficam perto do aeroporto, e sim uma clínica para pessoas mentalmente doentes.

Os primeiros momentos foram de tédio. É para você pensar nas suas atitudes, não repetir essas brincadeiras, nem mais uma vez. Imagino que não queira ficar estigmatizada para sempre como problemática, disse mamãe, sentada na cadeira perto da cama, junto com a psicóloga da clínica, em pé ao seu lado. Na tarde seguinte, depois de uma soneca mal sucedida, atravessei o corredor, entrei na sala de convivência, iluminada por uma luz fria e branca. Havia uma mesa de pingue-pongue, mas ninguém jogava pingue-pongue, só assistiam conformados ao *Domingão do Faustão*. Por algum motivo, consegui permissão para ligar para casa do telefone que ficava no hall da escada. Gritei, desesperada, que eu não era igual àqueles loucos, eu juro que sou normal, eu juro que vou tentar ser normal, eu juro que nunca mais tento me matar na vida.

A ênfase para que eu ocultasse esse histórico era

tanta que parecia que eu havia cometido um assassinato. Eu precisava manter minha reputação, era melhor beber a vodca e preservar meu direito de permanecer em silêncio. Não sei quanto tempo se passou antes que eu estivesse no corredor vomitando enquanto alguém tentava me levar para o banheiro. Do resto da noite só lembro de alguns flashes. Não sei quanto tempo passei desacordada, talvez uma hora, duas, vinte minutos. No táxi, voltando para casa, duas meninas comentavam qualquer coisa a respeito da noite: Albertinho foi muito irresponsável, até escroto. A Vivian podia ter morrido, imagina. E, quando citaram meu nome, lembrei dele me oferecendo um copo de água enquanto eu vomitava: Tem gosto de vodca, mas é água. Pode beber, confia em mim, vai te fazer bem. E então virei um copo longo de vodca pura antes de desmaiar. Na época, mamãe minimizou a situação, disse que era coisa de adolescente, e frisou que eu não devia criar problemas: É só um garotinho perverso, você não precisa ser íntima, nem mesmo amiga, basta ser educada, gentil, cumprimentar, sorrir. Não quero nenhuma possibilidade de desavença entre seu pai e o tio Alberto.

Em 2014, todos os envolvidos no episódio haviam crescido, eram adultos formados, com emprego em banco, escritório de advocacia, agência de publicidade, alguns casados, com filhos por vir. Eis que Albertinho ressurge na minha vida, ou melhor, na minha página do Facebook. Certa manhã, ao acordar, percebi que minha postagem singela sobre as eleições presidenciais havia se metamorfoseado numa discussão acalorada, com cerca de cem comentários, misturando as bichas da noite, os artistas conceituais, o povo do teatro e os private bankers e equity managers. Albertinho bradava contra a corrupção. Na encolha, Alex recebia um dossiê com as atividades irregulares realizadas pela família de cada participante do espectro oposto da discussão, tudo documentado em jornais e revistas confiáveis, citando os respectivos processos. Quando, finalmente, ele postou cada notícia, complementou com um comentário destinado a Albertinho & Cia: Tenho a esperança de manter esse grupo que vocês representam e constituem (fundamentalista de mercado, ganancioso, egoísta, antipobre, segregacionista, racista, deslumbrado, delirante e ignorante) o mais longe possível do poder federal. Quer dizer, na medida do possível, porque sabemos que é difícil alcançar qualquer conquista social sem molhar a mão dos donos do poder. Então espero que vocês fiquem no lugar de vocês (mercado financeiro, academia de ginástica, blogs de moda, shoppings marmorizados, camarote em boate cafona etc.), ganhem muito dinheiro e não encham o saco do país falando merda, porque precisamos avançar e vocês estão dando muito chilique.

Em represália, Albertinho postou na sua página fotos daquela noite longínqua, em que eu apareço vomitando, com a blusa torta, parte do meu peito à mostra, zíper da calça jeans aberto, calcinha aparecendo, cabelo despenteado, rosto pálido, quase azul, logo antes de desmaiar. Quando Maria Elisa soube disso, ficou apreensiva, foi mais carinhosa que a vez anterior, afinal, não podia mais usar a cartada da criança perversa, ainda assim seu veredicto final foi: Esquece isso.

Na cabeça da minha mãe, cuidar do meu bem-estar envolvia sempre me proporcionar viagens, hotéis cinco estrelas, restaurantes caros, roupas de boa qualidade, e isso tudo dependia do tio Alberto. Nunca ocorreu nem a ela nem a papai que estivessem priorizando um relacionamento em detrimento de outro. Nem sei se em momentos assim eu gostaria que eles se posicionassem para defender minha honra, isso soa até ridículo. Mas, ao menos, poderiam almejar uma negociação intermediária, uma meia defesa, mesmo que tímida, meramente simbólica, bastaria uma encenação entre quatro paredes, só entre a família, para que eu acreditasse, ao menos por cinco minutos, que sou mais importante que nossa estadia no Plaza Athénée.

É toda uma existência tentando agradar um grupo de pessoas incapazes de gerar qualquer afeto que não seja atravessado por dinheiro e poder. Para isso, é preciso participar de determinados rituais, que constituem uma coreografia estrita com encenação circular: dinheiro se transforma em acesso, que se transforma em mais dinheiro. E, um dia, quem sabe, durante um jantar concorrido na casa de uma das mulheres-alfândega que controlam a entrada e saída daquele microcosmo, você é premiado com o melhor lugar da mesa, ao lado da anfitriã. Parece bobo, e é; mas é uma razão para viver, um sentido para a vida, e como se fosse um jogo perpétuo, o placement como etapas a serem vencidas no tabuleiro, há cartadas que valem pontos, algumas mais, outras menos, há vitórias e derrotas, e é emocionante. As pessoas superficiais também experimentam enorme sofrimento, sua dor é profunda, dilacera suas almas. Papai deve gastar horas excessivas na angústia de ignorar por que não foi convidado para o aniversário de cinquenta anos do marido da Vicky. Ele é o número dois da companhia siderúrgica do sogro, era importante estar lá. Será que não sou rico o suficiente, importante o suficiente, talvez seja minha proximidade com algum desafeto, talvez eu não tenha bajulado o sujeito, fui sutil demais nesse quesito, quase cerimonioso, minha honra não devia ter se sobreposto, e agora isso, quase um assassinato social. E então, num milésimo de segundo, sua vida inteira passa diante dos olhos. É assim, dizem, que acontece na hora da morte.

8.

No meu aniversário, Laura organizou uma festa-surpresa no seu apartamento recém-reformado pelo arquiteto da moda, cheio de obras de arte. Entre os convidados, só gente que ocupava altos cargos em galerias e museus, alguns de fato próximos a mim, outros reles conhecidos, com quem eu nunca tinha conversado nem por cinco minutos.

Entre eles, alguns eu gostaria de conhecer melhor, pois eram cercados de certa aura, com trajetórias interessantes, histórias para contar. Havia uma senhora, cenógrafa, criada no meio artístico, afilhada de um diretor de cinema francês, casada cinco vezes, sempre com figuras notórias. E parecia animada em contar tudo a respeito. Antes de eu nascer, dizia, meus pais foram a uma festa onde estava Ingrid Bergman, ela colocou a mão na barriga da minha mãe, perguntou o nome do bebê e fui batizada ali mesmo, em homenagem a ela. Minha irmã prestava atenção, admirada, fazia perguntas, tecia elogios, embora aquilo não trouxesse grandes reflexões e não passasse de uma citação de nomes: Aos vinte anos, conheci meu primeiro marido, que tinha a idade do meu pai, e decidi engravidar logo, porque sabia que aquele homem, alcoólatra daquele jeito, não ia durar muito tempo, e eu queria dar continuidade a uma linhagem de gênios.

Marina Falcão sempre diz que quem gosta de andar com gente considerada interessante não é interessante, é interesseira. É como se grandes qualidades fossem transmitidas por osmose. Não existe meritocracia nem mesmo em relação à vida interior. E, agora, Laura moldava sua subjetividade com essa mesma estratégia. De certo modo, me senti usada ao perceber que meu aniversário havia se transformado num recurso para expandir seus contatos. Quando acusei o golpe, Laura primeiro se ofendeu com a insinuação de que não teria cacife para reunir aquele núcleo de pessoas por conta própria, sem a necessidade de um pretexto. Em seguida, se mostrou chocada de que eu pudesse duvidar da sua boa vontade, aquele era um presente de amor, e a reação dela soava mesmo genuína, uma mistura de inocência com cinismo. À princípio, parecia uma combinação peculiar, a união de dois opostos, mas pensando bem fazia todo sentido, era o resultado de uma interiorização excessiva, a ponto de ela não conseguir discernir mais o que era racional, imposto ou verdadeiro.

A performance existe tanto para fora como para dentro. A encenação é eterna, o tempo inteiro, vinte e quatro horas por dia, para toda a vida, uma versão estendida do método de Lee Strasberg. É preciso estar atento, basta um descuido, e cadê a emoção que eu deveria estar sentindo, por que o luto não é convincente, para onde foram as lágrimas? Para fora, tem os rituais, dividir costumes e códigos, hábitos e valores, é bom pertencer, dá um quentinho no coração, e isso independe da classe social, vale para a aldeia, com seus quatrocentos habitantes, vale para o jantar com placement. Para dentro, tem os nossos delírios cotidianos, a justificativa para nossas ações mais feias, o convencimento de que somos sim virtuosos. Se tivermos sorte, aqueles à nossa volta confirmam essa impressão, como uma coreografia bem treinada: o desempenho de um depende da colaboração do outro. E, se somos flagrados dançando samba enquanto os outros dançam balé, ocorre esse estranhamento, a dúvida se nossos passos estão corretos, o confronto com movimentos que não dominamos, e é desconfortável, o melhor é voltar para nosso par.

Antes do parabéns, João Silva me escreveu dizendo que estava na festa do dono de uma galeria: As pessoas são chatas, mas tem álcool e drogas. Vem, e daí vamos para outro lugar, tipo no centro. Eu morria de curiosidade de conhecer aquela casa, tinha visto em revistas, a coleção parecia espetacular. Laura ficou desconcertada quando decidi abandonar minha própria festa. Espera ao menos o bolo, ela pediu e eu acatei; impaciente, soprei rápido as velas, virei o negroni e levei uma garrafa de cerveja, fui bebendo no táxi. Chegando lá, logo vi um segurança na porta, meu nome não estava na lista, porém sabia que não seria barrada, mesmo com roupas casuais, vestido preto, simples, de linho, com sandálias rasteiras, brincos pequenos, sou branca, tenho cara de rica, não preciso de passaporte, os códigos são genéticos. Eu podia chegar carregando uma garrafa de plástico com o resto do negroni, o rótulo azul-piscina da água com gás, o líquido vermelho pela metade, a fatia fina da casca de laranja se desmanchando, uma coisa até meio nojenta, minhas mãos meio gosmentas, e isso não seria considerado falha, mas sim o ápice do traquejo, a suprema naturalidade, porque eu nasci para estar ali. Desculpa, você pode jogar isso no lixo para mim, por favor?, eu perguntaria para o segurança, sorrindo, educada, falando baixo: Muito obrigada.

O gozo surge nesses momentos em que me sinto invencível mesmo sem estimulantes artificiais. No jardim, todas as mulheres estão de salto, menos eu. É melhor assim porque dessa forma posso projetar uma imagem despreocupada. E então converso sobre a conjuntura política com um professor de filosofia. Ele elogia meus insights bem-humorados. O diretor curatorial do museu nova-iorquino junta-se a nós, e diz: A Vivian é ótima! E eu me delicio em estar ali, naquela casa modernista, bebendo gim inglês com pessoas que julgo importantes, tal qual meu pai se deliciaria em estar com algum ministro na sala de estar do tio Alberto. Nessas horas, apesar de impressionar meus interlocutores com os números que sei de cor a respeito do aumento exponencial de violência policial no país, eu nem lembro da Darlene.

Faz bem para mim, e para minha autoimagem, pensar que meus valores vão na direção oposta aos dos meus pais. Eles economizam para manter o endereço na localização nobre da cidade; eu gosto de morar em cima da loja de departamentos, no meio de uma avenida movimentada, no caminho de todas as linhas de ônibus e bem ao lado do metrô, onde posso comprar bebida no ambulante de madrugada. Acho prático, vibrante, enriquecedor. Nada mais tedioso do que uma sequência de prédios avarandados com seus porteiros uniformizados, noite e dia. Não é apenas um problema ético, e sim, sobretudo, estético. A cada dia aprendo a não passar mais recibo de menina rica. Tenho amigos de todos os tipos e todas as cores, posso ir de canto a canto da cidade, desenvolta, sempre natural, jamais fresca. Não sou burra, sei que se trata mais de capitalização imaterial do que de virtude. Ninguém quer ser a sem-noção que vai à favela, posa para um retrato na frente do barraco abraçando o vendedor de chinelo de dedo e posta nas redes sociais com uma legenda engraçadinha, no fundo ofensiva. Hoje, pelo menos no universo que habito, meus amigos gays têm mais valor de mercado que a herdeira blogueira. Talvez eu seja apenas uma exímia estrategista que conseguiu driblar as dificuldades para dar a volta completa e voltar ao lugar de origem. Quando quiser, posso voltar a frequentar a burguesia com pretensões aristocráticas dos Noronha, e isso sem prejuízo de status, ou até mesmo com algum ganho, um exotismo, uma interessância. Aceito de bom grado a oferta de papai para me emprestar sua cadeira Sergio Rodrigues, deixo em destaque na sala, organizo mais festas em casa, todo mundo sabe o preço daquilo. Eu me odeio por isso. Mas não consigo parar.

Não sei se é possível viver num ambiente onde não existam códigos, onde é possível viver nu, fora das camadas de representação. Agora, estou bebendo a oitava taça de champanhe na casa de algum colecionador de arte que decerto vai achar graça dos meus comentários inapropriados, ficar impressionado com minhas credenciais. Você sabia que escrevo para o site da Frieze? O sujeito já tem dinheiro, o que ele deseja é poder chegar para o sócio, aquele desqualificado que só quer passar férias em resort, e dizer: Sou muito amigo do artista, do escritor, do músico. Ao contrário de Laura, esse sujeito nem sequer tem o pudor de falar sobre seu último investimento, o quadro do pintor com leucemia, imagina, em pouco tempo, o valor vai ser o dobro. E, diante dessa falta de decoro, qualquer outra pessoa soa discreta e civilizada, da mesma forma que rimos dos racistas caricatos nos filmes americanos, com seus comentários agressivos, deselegantes, passionais, e ficamos em paz por não sermos iguais a eles. Ainda assim, foda-se. Eu só quero álcool, o artista quer vender uma obra, o curador quer cuidar da coleção particular, esse novo-rico precisa de conselhos, coitado. A princípio, ridicularizamos uma figura assim, em seguida aceitamos entre os nossos, é muito fácil comprar sofisticação, é só estar atento.

9.

Rodrigo e eu temos um ritual particular desde que nos reaproximamos, depois da faculdade. No inverno, escolhemos alguma praia para passar uma semana, cada um no seu canto, horas conversando ou horas em silêncio. Às vezes, vamos para a casa da família dele na divisa entre Rio de Janeiro e São Paulo, perto de Paraty. São quatro horas de estrada, sempre com a mesma trilha sonora, e o clímax é "Como nossos pais", da Elis Regina. Nesse momento, cantamos juntos, caem lágrimas, repetimos a música uma, duas, três vezes. Normalmente, escolhemos uma data em que a cozinheira esteja de férias, não existe clima intimista que resista a uma empregada uniformizada servindo o café da manhã, limpando o chão da sala dos pezinhos sujos que marcam território como se dissessem, displicentes: Fomos à praia, mergulhamos na piscina, corremos pela grama, viemos buscar qualquer coisa dentro, tanto faz. É constrangedor. Estamos no século XXI, não existem mais escravos, pelo menos não em casas domésticas. No final da semana, acabamos sempre nos arrependendo dessa decisão, é impossível limpar sozinhos aquela cozinha enorme, quase do tamanho do meu apartamento. Não sei como, nunca dava tempo de lavar toda a louça, ficava sempre um punhado de copos e pratos sujos na pia, às vezes espalhados pela casa, na sala de jantar, no quarto, no jardim.

Não existe rico que seja realmente uma boa pessoa. No máximo, simpático, disse Alex antes de saber qualquer coisa sobre a minha família. Eu até gostaria de ser meio Robespierre, mas estou mais para Maria Antonieta. Às vezes, me pergunto se não sou hipócrita, se deveria fazer algo mais efetivo, trocar o discurso por ações concretas, doar dinheiro para algum movimento, sempre falta verba para essas coisas. Em minha defesa, minha conta bancária está sempre no cheque especial, e todo mês minha mãe me socorre, caso contrário minha luz é cortada. Mas na semana passada comprei aquela bolsinha Jacquemus, setecentos euros. Eu podia ter usado esse dinheiro para outra coisa. Seria uma atitude mais coerente, mais discreta, mas menos divertida, exigiria uma espécie de sacrifício, e exatamente para quê? Não tenho ideia de como o dinheiro seria gasto numa casa de acolhimento. De repente nem sequer ia ajudar quem precisa.

Talvez eu seja apenas classista. Não sei se sou inteligente o suficiente para merecer meu razoável sucesso profissional, leio meia dúzia de livros, mas só isso, sou meio preguiçosa, na verdade. Meu principal atributo é poder aceitar um bom número de trabalhos não remunerados necessários para um currículo impecável. Não preciso pagar aluguel, contas, celular, comida; meu salário vai para jantares, roupas, viagens, álcool, drogas. Se estou sem dinheiro, corto esses últimos itens, sinto que estou fazendo um sacrifício, investindo na minha carreira, dois fins de semana sem sair, troco a cocaína branca pela amarela. Minhas conexões familiares foram fortes o suficiente para me garantir um estágio em Inhotim durante as férias da faculdade, a partir daí o resto das portas se abriu, é só não ser muito burra. Mas por quê, mesmo sabendo disso, insisto no desejo de ser especial?

Se existisse igualdade de condições de verdade, no meu lugar estaria alguém com algo mais urgente a dizer? Darlene poderia desempenhar funções criativas relevantes caso tivesse tempo e estudo? E talvez eu precisasse renunciar à minha posição de relativo destaque para assumir um emprego banal. Mas não quero ser insignificante para o olhar externo. Não quero que meus dias sejam tomados por um emprego entediante. Não quero que essas questões fiquem evidentes. É desconfortável, chato. Quero minhas vantagens sem precisar lidar com o ônus de assistir a uma pessoa ser espancada sem motivo. Caso Darlene não existisse, eu poderia continuar minha vida. Continuaria a pensar em mim como uma boa pessoa.

É preciso, a todo custo, manter a autoimagem que

construí, alguém comprometida com as causas certas, preocupada com a coletividade, com grupos marginalizados, fruto de uma estrutura da qual eu faço parte e me beneficio. É meu maior comprometimento, eu sou o que penso de mim. A realidade porventura pode me contradizer, mostrar a mim e ao mundo camadas desconhecidas da minha personalidade, talvez pouco lisonjeiras, e eu vou levar um susto, pensar: Essa sou eu, não tão legal, meio egoísta, meio escrota. Eu sou como uma empresa que pode ter cometido ilegalidades, é impossível que o alto escalão saiba de tudo o que acontece, principalmente em relação a terceirizados, não temos culpa, temos uma declaração a respeito, elaborada por nosso time.

Às vezes, eu até me sinto meio mal por isso, logo passa, quase todo mundo ao meu redor é meio assim. Não existe um desejo real de igualdade social na esfera da classe artística que estudou em escola construtivista de esquerda. Ninguém quer admitir que talvez não tenha talento suficiente para ocupar determinada posição de destaque. É evidente que são todos grandes artistas, comprometidos com seu ofício, igual a vários de seus vizinhos, colegas de escola, amigos de infância, primos de segundo grau, que também são figuras proeminentes da cena cultural, veja que coincidência. Não são um grupo de pessoas com mais rede de contatos que estofo. Não são todos herdeiros de capital cultural ou financeiro. Não são fidalgos. Todo mundo enxerga sua autoexpressão como relevante. E emocionam-se com sua própria subjetividade, são especiais, não são burgueses. Não raro, pode ser até um trabalho bem-feito, correto, com o vocabulário teórico necessário, tiveram educação para isso. João Silva sempre diz: Quem é da Zona Sul se sente autorizado a se dizer artista mesmo quando produz qualquer porcaria. Na Zona Norte, essa condição está sempre em negociação, é algo para conquistar o tempo todo e nunca está estabelecida por completo.

Todo mundo da nossa geração fez um cursinho de três meses em Londres ou algo do tipo. Quando um amigo desaparece por completo do convívio social por estar num rehab, damos essa desculpa: Está fazendo um curso fora do país. É perfeito, ninguém desconfia, estão acostumados. Agora, pela primeira vez, era verdade. Rodrigo foi a Nova York estudar engenharia de som, engatou um curso no outro, foi ficando, era para ser três meses, virou quase um ano, quando voltou era artista performático, com foco em instalação sonora, e não mais DJ: Eu nunca vou me sentir pleno se depender da aprovação de uma multidão, no fim das contas música eletrônica não toca em rádio, mas ainda é comercial. Rodrigo gasta muito dinheiro nesse esforço para que sua identidade não seja baseada no dinheiro. Antes, alugava um apartamento de três quartos na quadra da praia do Leblon. Mas não gostava de assistir às amigas da mãe destratarem a caixa do supermercado, era melhor pagar a multa de rescisão de contrato, encontrar um lugar em uma área mais discreta, com os móveis devidos, que combinassem com sua nova proposta de vida. Assim, podia ser visto como uma pessoa comprometida com algo maior que as picuinhas daquela alta sociedade provinciana. A solução foi comprar uma casa na antiga vila operária do Horto, no Jardim Botânico.

É uma região muito mais charmosa que a atmosfera opressiva do Leblon, diz. Não há ostentação, restaurantes caros, madames sem educação sassaricando pelas calçadas com a bolsa de marca, olhando desconfiadas para os lados, sempre atentas, prontas para mudar de calçada, nunca se sabe quando pode surgir, a dez metros de distância, uma perigosa criança negra. Ao contrário, a mistura social ali é saudável, artistas endinheirados são vizinhos de porta dos funcionários originais da antiga fábrica de algodão. É lógico, a casa dos novos habitantes é reformada, decorada com móveis de design brasileiro autoral e obras de arte contemporânea, tudo isso mais afinado com os preços reajustados da única padaria da rua, que agora vende três marcas diferentes de alfajor. A fachada também tem diferenças sutis, os operários resistentes não podem fazer grandes mudanças estruturais na arquitetura por causa do decreto de patrimônio cultural. Inicialmente, o térreo da casa era ocupado por João Silva — ele estava sem dinheiro e uma amiga sublocou seu antigo estúdio por um preço baixo enquanto ele estivesse no cheque especial. A ideia era que a estadia se estendesse até ela voltar de sua residência fora, que ia durar cerca de um ano. Era espaço suficiente, cerca de cem metros quadrados, um quintal com árvores e rede de balanço, e ele nunca encontrava os vizinhos que alugavam o segundo e terceiro pisos, todos sem contrato.

No primeiro mês, Rodrigo foi visitar João Silva com o intuito de talvez comprar um quadro e se apaixonou pela possibilidade de transformar aquela construção simples, com acabamentos baratos, material de má qualidade, em uma moradia mais confortável, uma mini town house. Não hesitou em fazer uma proposta generosa para o proprietário: chamar um bom arquiteto e derrubar as paredes da cozinha, que agora se abre para a sala, tornando as reuniões entre amigos mais íntimas. Ela não sabe até hoje que sua casinha operária é tombada. João Silva encontrou outro lugar, mais caro e mais distante; os vizinhos de cima, não sabemos.

Desde a mudança, Rodrigo passou a se interessar cada vez mais por política, chegando a frequentar reuniões com candidatos a deputados, que explicam suas propostas para a cultura. Animado, ofereceu sua casa para palco do debate seguinte, e assim poderia chamar até seus pais, que colecionam arte e são patronos ouro do Masp. Eu achei melhor avisar: Rodrigo, essas pessoas não são burras. Com certeza vão ridicularizar seus pais pelas costas, eles vão virar alvo de chacota. Mas é possível que eu tenha superestimado a classe artística do Horto. Ou, talvez, sugestionados pelo sobrenome que leva o nome de um banco, sem saber que estavam lidando com a ovelha negra, passível de um dia ser deserdada, tenham acreditado nos seus planos fantasiosos de abrir uma editora, galeria de arte, produtora de cinema.

De imediato, Rodrigo foi incluído em todos os encontros, e estimulado por esse novo pertencimento, que gerava boas oportunidades de trabalho e de sexo, passou a fazer ele próprio suas primeiras aquisições, até finalmente comprar seu primeiro João Silva. Em seis meses, estava produzindo a trilha sonora de um filme, engatava um romance com um diretor de cinema e tinha a parede preenchida por telas e fotografias, tanto de artistas jovens como consagrados. À medida que a economia se precarizava, Rodrigo conquistava cada vez mais importância. Todo mundo gosta de um mecenas, principalmente com o país à beira da bancarrota. Não raro, alguém reclama: Que saco, agora em museu tem cotas para minorias, mesmo sem talento. E a Marina Falcão diz: Ora, cota sempre existiu, cotas dos ricos, mesmo sem talento, que diferença faz, pelo menos é um tipo de cota diferente, talvez permita o nascimento de algo novo, não sei. Tudo passa, o céu e a terra, os modismos da cultura, a situação econômica, a ideologia política vigente, menos Rodrigo. Ele é a nossa única esperança, o nosso redentor.

10.

Faz muitos meses que, na porta do meu prédio, tem outras pessoas vendendo cerveja, não sei se variam, metade da semana um, metade outro, ou se tem alguém fixo, como eu achava que era com Darlene. Agora, prefiro comprar do outro lado da rua, onde em tese aconteceu uma execução, conforme um dia me avisou Darlene. Do outro lado da rua, aceitam cartão de crédito e débito, e na frente do prédio, só dinheiro. Toda noite, quando saio para o bar, boate, festa, show, jantar, peça de teatro, museu, exposição, olho bem ao longo da calçada, esquerda e direita, antes de entrar no táxi, para ver se encontro Darlene. Ela nunca está lá, ou quem sabe tenha estado em algum momento, tive toxoplasmose no olho, não enxergo direito. Quando organizo uma festa e preciso descer para abastecer a geladeira no meio da noite, nunca a encontro, e por alguns segundos penso no pior. Em seguida, arrumo uma desculpa, deve ter mudado de ponto. Em algum lugar, Darlene vende suas Heinekens, em Copacabana, Ipanema, Gávea, Glória, Gamboa, Lapa, talvez mais longe, dizem que há muita animação no Baixo Méier. Às vezes, tenho a impressão de que penso nisso todos os dias, no fundo do meu pensamento, e até mesmo digo para outras pessoas, ao me referir ao acontecimento que presenciei, que se trata de um trauma, mas não sei se é verdade. É muito fácil sublimar os acontecimentos traumáticos quando aconteceram com outra pessoa. Talvez eu seja apenas indiferente, como sempre fui. E, se for mesmo honesta, percebo que pouco me importa se Darlene está viva ou morta.

Em dezembro, eu soube quase sem querer da sua morte. Eu estava do outro lado da rua, comprando cerveja no cartão de débito, a máquina não funcionava, o processo estava demorado, e eu já tinha aberto a garrafa. Estava impaciente, o vendedor constrangido, os minutos demoravam, e por algum motivo perguntei: E Darlene, que vendia cerveja aqui em frente, por onde anda? A resposta estava no meio-sorriso sem graça que se formou na boca daquele senhor, levemente entristecido. Ela morreu. Em casa, traumatismo craniano, ele falou. De imediato, me arrependi da pergunta. O que eu deveria sentir: pesar, culpa, indiferença, tristeza? Era como se eu tivesse adentrado um ambiente novo cujos códigos eu não dominava, e precisasse entender, de modo intuitivo, como me comportar e agir na hora, com base nesse entendimento. Devia existir algum tipo de etiqueta sentimental.

Não sinto "culpa de sobrevivente", não seria correto usar essa terminologia, minha existência sempre esteve assegurada, nunca estive em perigo. E, caso algo acontecesse comigo, seria uma pena, uma vida interrompida, tão jovem, tantos sonhos, essa cidade está sitiada, não se pode nem mais andar na rua. Quem morreu não é da minha família, do meu grupo, é quase como se fosse de outro país, outra pátria, outros valores, outra linguagem, como um ataque com armas químicas em Damasco. E, por mais que dentro de mim seja forjado artificialmente algo quem sabe um pouco parecido com culpa, é apenas para fins de autocongratulação. Trata-se de um sentimento sem forma, posso controlar sua intensidade, escolher o que preenche seu vácuo, emprestar a dor alheia, escrever sobre empatia.

Eu tenho muito pouco entendimento do peso do mundo. Não conheço a fome, não conheço a morte, não conheço o amor. Minha existência é uma busca por pequenas conquistas que na hora soam muito importantes. E daí desejo conquistas ainda menores, como se eu caminhasse olhando para o chão em busca de moedas. São pequenos prestígios, mais palpáveis que uma espécie de plenitude intangível, que dura bem pouco, tem consistência frágil, abstrata demais, pode se perder na memória. Mesmo a sensação mais vívida do mundo tem tantas camadas e sutilezas que pode ser questionada até por quem de fato a sentiu. É amor ou carência, generosidade ou narcisismo, conexão de alma ou efeito da ayahuasca? Os pequenos prestígios são verificáveis, não correm o risco de serem confundidos com uma impressão, quiçá ilusão. A aparência é superficial, confortável, prazerosa, há uma segurança nisso.

A melancolia que sinto não é existencial, mas sim egoísta. É um sofrimento profundo na alma por não ter obtido conquistas suficientes que possam me colocar num patamar estável. Essa angústia que me atormenta não ocorre por conta do medo da fome ou da morte, e sim porque quero ser mais sexy, mais cortejada, mais bem-sucedida. Não é consciente, são desejos que aparecem na fragilidade, quando estou distraída. Como a música instrumental num bar, não percebemos que ela é ruim porque estamos falando alto, preocupados em agradar uns aos outros, em garantir a pequena vitória da noite. Há poucas coisas mais feias que um bar quando as luzes se acendem depois que o último cliente é expulso. A decoração não foi feita para a luz branca, o estofado está cheio de manchas, o cheiro de cigarro é nauseante, se calhar tem um corpo atrás do sofá, adormecido, coberto no próprio vômito, abandonado pelos amigos. É por isso que eu quero que as luzes estejam sempre baixas.

Quando visualizo o cenário perfeito para encontrar uma espécie de satisfação tranquila, sempre acrescento algo mais, no último minuto, como se eu estivesse numa farmácia, a cestinha com os itens necessários, em frente aos produtos capilares, e pensasse: Por que não comprar mais um produto de cabelo, um pacote de elásticos, um pente para o chuveiro, é tudo tão baratinho, não vai fazer diferença. E quando vejo estou em casa com uma sacola cheia de bugigangas. E, ainda assim, se eu me sinto plena, satisfeita, em paz, minha vida continua incompleta, não importa, mesmo que exista conforto e amor, e esteja tudo bem, um pensamento me invade, a visão de mim mesma a partir dos olhos alheios, alguém que me feriu no passado, e percebo que não posso estar apenas tranquila, preciso brilhar. Albertinho precisa me pedir perdão, não por um arrependimento genuíno, e sim porque eu tenho o poder de abalar sua reputação. A satisfação não é fotogênica, é desvinculada do sucesso, portanto é válido perguntar: É realmente isso que eu quero? Não sei se felicidade silenciosa e anônima é suficiente para o meu desejo.

Se Beckett não fosse um escritor tão emblemático, as pessoas não ficariam repetindo sua frase sobre fracassar múltiplas vezes. Se ele fosse um reles vendedor de enciclopédias, seu discurso seria apenas derrotista. Ninguém cita em discurso de formatura uma frase sobre a importância do fracasso dita por alguém que de fato fracassou. Qualquer coisa como: Meu tio sempre quis ser artista, passou a vida inteira na repartição pública, sua única exposição não vendeu um mísero quadro, o jornal local julgou as obras como inexpressivas. E, no seu leito de morte, devendo dinheiro, abandonado pela família, numa casa cheia de móveis velhos e panes elétricas, ele ensinou: Não existe melhor professor que o fracasso.

O importante não é o destino, é a jornada. A felicidade está nas pequenas coisas. Esses discursos sempre saem da boca desses bilionários que enxergam a si mesmos como pessoas muito sábias e que adoram dar conselhos sobre os mistérios da vida.

Saber quem eu sou de fora é tão difícil quanto saber quem eu sou de dentro. A memória mistura as duas, o que torna tudo ainda mais confuso. A Vivian que existia no mundo dez anos atrás, com suas escolhas específicas, se transforma na Vivian de dentro ao se tornar memória? Em outras palavras, o tempo fagocita o eu exterior passado para então incorporá-lo no eu interior do tempo presente? É óbvio isso que estou dizendo? Se eu estou numa festa, cercada de amigos, bebendo um negroni, pareço solitária? Não quero saber da minha imagem nas redes sociais, quero saber daquele exato momento de suspensão quando não estou conversando com ninguém. A cocaína proporciona uma persona pronta para esses vazios, ela tira a individualização, todo mundo fica com a mesma pose, protegida. Essa é a graça, a ilusão de que sua alma está blindada — não está, nunca está, mas acreditamos nisso durante aquelas horas. Às vezes, por algum motivo, eu me percebo sóbria, o bar lotado não ajuda, é uma epopeia para pegar um drink, cada ida ao balcão requer um teste de paciência. E nesses momentos sei que estou com o olhar perdido, vulnerável, deslocado. É como se aquela menina de dezoito anos que nunca beijou na boca estivesse espiando curiosa toda a movimentação de pessoas através dos meus olhos, sem saber como reagir. Pouco a pouco, ela ocupa mais espaço no corpo e alma, até os olhos não serem meus, e sim dela.

Eu quero matar essa menina. Posso recalcá-la mas tenho certeza de que isso voltará em forma de insegurança, os sintomas pululam de modo incontrolável até eu me comportar como as pessoas que julgo e critico. Posso ressignificar a história para soar como uma trajetória de superação. Conforme enumero as façanhas específicas das quais tenho orgulho, e que me permitiram, pouco a pouco, com muito esforço, matar a menina, transpareço certo deslumbre libertário, e volto a ser ela. Não há saída. A Vivian virgem e católica prestes a entrar na faculdade sempre invade o terreno, de um jeito ou de outro, não há exorcismo que resolva. Nas raras noites em que sinto orgulho e amor pela minha trajetória, consigo transformar essa vergonha em carinho. Há uma pureza no deslumbre que é pouco falada, é infantil, ingênua, quase doce.

Eu quero tudo, quero glamour, quero sexo, quero festa, quero roupas bonitas, quero reformar meu apartamento, quero paz, quero ajudar as pessoas, quero amor verdadeiro, quero admiração de amigos, mas também de conhecidos, pessoas com quem falo oi tudo bem, quero consciência tranquila, quero que me respeitem pelo meu caráter e pela minha figura, não quero mentir, nem para mim mesma nem para os outros. De repente, sou uma curadora de mim mesma, seleciono as melhores experiências, cuido da divulgação: a ida ao boteco na favela, o uso de drogas, o ménage com duas meninas no

Carnaval passado, meus três amigos negros, presentes em todas as minhas fotos na internet. Eu não sou uma pessoa fragmentada, contraditória, ao mesmo tempo boa e má, eu sou una, coesa, hermética, sou uma personagem redonda, verossímil, que gera alguma empatia, garante algum entretenimento. É como se todos os aspectos da minha vida só ganhassem sentido após a devida moldura. Você não tem depressão, você tem capitalismo interiorizado, costuma me dizer a Marina.

Na adolescência, os grupos de catolicismo e voluntariado eram meu único contato com o little beautiful people. As poucas festas de quinze anos para que fui convidada foram através das aulas de crisma. As professoras, amigas de mamãe, falavam muito de superação através da fé. Sempre fui bastante empenhada nesse quesito porque precisava muito da ajuda de Deus. Por isso, estudava, buscava leituras complementares, sugeria temas para discussão. Meus assuntos favoritos não eram bem-vindos. Já que estamos organizando o bazar beneficente de fim de ano pode ser interessante uma leitura da parábola da viúva pobre, está em Lucas, versículo 21. Isso tudo causava controvérsia e mal-estar. Eu não era muito querida nem mesmo ali. Os banhos eram muito frios no santuário de Lourdes, nos Pirineus. Se eu rezasse, talvez deixasse de ser tão solitária, passaria a receber convites para festas, seria incluída naquele grupo seleto de pequenas pessoas, e não choraria tanto. Tudo era válido porque eu desejava muito ser curada.

Está na Bíblia, bem-aventurados são os que têm fome e sede de justiça, mas esquece, essa parte não conta. Deus criou as marias-sem-vergonha e as palmeiras-imperiais. Desejar o fim da fome do mundo é clichê, coisa de candidata a miss. Esse conformismo é internalizado ainda na infância como uma segunda natureza. Em tese, seria necessário um esforço para ignorar essas questões, mas não. Na porta de casa tem um sujeito à beira da inanição, quase parte da paisagem. É um não assunto, nem pensamos: Como é dormir na rua, o que acontece quando chove, será que tem ratos, será que são assassinados, será que se acostumaram com a sujeira? Será que são diferentes de nós, que sentimos ânsia de vômito ao tirar o próprio cabelo do ralo da banheira, e são imunes ao nojo?

A herança financeira e social traz além das benesses um custo psíquico sutil, um pecado original. A Bíblia também diz que a quem mais foi dado mais será cobrado. Será que eles descontam os dez anos de depressão da época escolar? Ou talvez eu precise pagar pelo pecado de meus pais, suas escolhas que ora parecem vergonhosas, ora parecem interessantes. O mundo deveria tornar mais tranquila a existência de Darlene, e não piorar a minha. Eu já preciso lidar com angústia, ansiedade, depressão. No meu íntimo, só quero que a mulher não seja espancada no meio do expediente, na minha frente.

Eram quatro da manhã, eu estava naquela praça, no meio da pista de dança, tinha beijado dois caras ao mesmo tempo. É Darlene quem estava na delegacia, no hospital, em casa chorando, ou talvez apenas conformada, não sei aonde se vai depois de uma situação daquelas, não conheço a sensação de ter como rotina esse tipo de tratamento, é tudo alienígena para mim. É provável que Darlene more na favela, ou então no subúrbio, mas de repente é casada com um taxista e morem juntos num quarto e sala em Copacabana. Não sei quanto é o rendimento mensal de uma vendedora de cerveja nem de um taxista, não importa. Preciso mesmo presenciar essa cena que me impede de cumprir minha parte no contrato social? Se uma árvore cai em uma floresta vazia, talvez não faça barulho, talvez nunca tenha caído, nunca tenha existido. Se eu assistir a essa cena vou precisar lidar com isso de forma diferente. Eu leio jornal, faço a performance usual de indignação, que até é verdadeira e me satisfaz por me assegurar que não sou sociopata, mas só dura cinco minutos.

Toda vez que elaboro um plano para sair dessa inércia moral, penso: De que adianta, as estruturas continuam intactas, é enxugar gelo, ativismo liberal, mudança através do consumo, é um pulo para a lógica da caridade, com um discurso à la Mimi de la Blétière. O que eu podia fazer para mudar a situação de Darlene? Dar cem reais, uma casa, um carro, um plano de saúde? Pagar o médico do filho, arrumar um emprego para o cunhado, ajudar a comunidade, fazer um filme? Darlene, o filme, Darlene, protagonista, Darlene, atriz, quer dizer, não a própria, que está morta, mas uma parecida. Vivian Noronha, diretora, roteirista, produtora, quem sabe não recebo o Oscar, o Emmy, o Tony, o Nobel. Assim, minha redenção pública será aplaudida, serei redimida, mais que isso, canonizada. Talvez esse seja meu destino. Devo à Darlene todo meu esforço e dedicação em realizar esse projeto. E serei grata, descobrirei seu sobrenome, e ele estará estampado em todos os cartazes como a mulher que me salvou. Obrigada, Darlene, digo agora, e direi semana que vem, mês que vem, ano que vem, quando estarei no palco, recebendo uma honraria. Não esquecerei de você. Direi: Obrigada, Darlene. Meu cabelo preso, topete alto, com alguns fios soltos, devidamente escovados, batom discreto, cor da boca, leve esfumado no olho, vestido lilás, decote reto, discreto, embora, é possível, que as costas estejam nuas, pelo menos até a altura da cintura. E nesse filme incluiria uma versão idealizada de mim mesma, não haveria moralismos baratos, compensatórios, seria uma integridade discreta, sem alarde, que os demais perceberiam aos poucos, e então diriam: Vivian, você é a melhor pessoa que eu conheço.

Existe um grau de sociopatia em continuar vivendo enquanto Darlene está morta, Darlene não é Darlene, é evidente, Darlene nunca foi Darlene, é só um lembrete do mundo, ela está dentro de mim. No entanto, continuo para honrar sua memória, mudar de carreira, escrever uma história, alcançar o sucesso. Eu quero ser honrada, quero receber honrarias. De repente, o filme não é mais sobre ela, e sim sobre mim, eu insiro uma versão idealizada de mim mesma como personagem, sou tomada pela ideia de me reconstruir, agora de modo literal. Na noite em que Darlene morreu, eu fumava um cigarro e segurava um conhaque, solitária nas ruas de Copacabana. Eu era mais magra, mais bonita, a atriz escolhida é sempre nossa melhor versão física, o cabelo esvoaçante, o vestido parecia uma camisola, era vermelho e rendado, calçava botas pretas e masculinas, e tocava Marina Lima na avenida Atlântica. Tudo o que eu posso te dar é solidão com vista para o mar.

Ninguém pensa em si mesmo como superficial, e talvez ninguém realmente seja, pode ser que o nível de profundidade nos seres humanos seja uniforme, assim como a organização dos nossos órgãos internos é uniforme, quem sabe a diferença esteja no funcionamento. Não que isso seja relevante, eu posso morrer e não ter contato com outras dimensões de mim mesma. O que acontece com aqueles sentimentos jamais revelados depois que a pessoa morre? A culpa que está ali não por Darlene, ela é só o aspecto mais visível, quase uma metáfora, coitada, mesmo depois de morta continua desprovida de importância. A culpa é pela desconfiança de que talvez eu fosse feliz se tivesse ignorado as pressões externas que sempre me pareceram insignificantes. É tudo tão pequeno, dá vergonha de pensar que me importo tanto, que dedico tantas horas da minha vida a pequenas paranoias materialistas. E agora sou confrontada com o sentimento oposto, a ingenuidade de buscar algo relacionado ao espírito, a qualidades invisíveis, é como acreditar em anjos. Mas, se for assim, se a dimensão incorpórea do mundo não importa, o que é esse buraco no meu peito, é fome, é cólica, é falta de serotonina?

Se eu pensar em Darlene como um ser humano de verdade, meu coração explode. Só é ser humano quem eu conheço, ou então as celebridades, as pessoas públicas, porque se elas morrem eu fico triste, mesmo que rápido, às vezes até choro. Há outros seres humanos, como animais de estimação, meu cachorro, que mora na casa dos meus pais, é como um irmão para mim, mais até do que a Laura. Os fetos, no entanto, não são seres humanos, contanto que estejam na barriga, não são seres humanos, mesmo com muitos meses, porque caso a sociedade os enxergue assim permanecerei sem direitos sob meu corpo, eu sou uma mulher, não uma máquina reprodutora, nem uma cidadã de segunda classe. Os moralistas vão dizer que quem não é um ser humano sou eu, que digo essas coisas, que sou cruel, mas estão errados, eu sou um ser humano, da mesma espécie que está aí faz milênios, não sou uma santa, uma figura divina, sou terrena, sou isso que está aí. É horrível, eu sei, mas é o mundo, e eu participo do mundo. E ao expressar isso eu sou preenchida por uma sensação de grandiosidade, a beleza de fazer parte de algo maior, mesmo que podre.

Em dezembro, passei alguns dias inquieta, pensando na informação que eu havia recebido, uma semana antes, sobre o destino de Darlene. Pela primeira vez, cheirei cocaína sozinha, seis da tarde, óculos escuros, perto da janela, acendi um cigarro, abri uma cerveja, me olhei no espelho que estava logo à frente, me senti bonita, profunda, complexa, sexy. Na hora, pensei em mandar uma mensagem para o designer do museu, convidá-

-lo para uma sessão de cheirar e trepar, afinal, pelo que tudo indica, ele seria receptivo, dado sua personalidade, nosso histórico de flertes, até mesmo durante uma madrugada de domingo, uma troca de nudes. É bem provável que ele estivesse em algum boteco sujo enchendo a cara, sem camisa, cabelo cacheado, castanho, despenteado, barba por fazer, delicioso, meio doidinho. Talvez não fosse uma boa ideia, imagina como seria a ressaca, cocaína amarela, álcool barato, putaria inconsequente e o fantasma de Darlene. Era melhor voltar para casa, tomar um banho frio, lavar o cabelo, ligar o ar-condicionado, preparar uma salada caprese, abrir uma garrafa de vinho branco bem gelado e ligar para o Luiz Felipe. A gente não se falava fazia o quê, uns dez meses, e nisso ele tinha arrumado uma namorada, professora de yoga, vegetariana, tatuagem de mandala, o casal perfeito, fizeram juntos uma viagem de bicicleta, acho que pela cordilheira dos Andes. Ao que parece, terminaram, não sei, de qualquer forma ele concordou em vir, disse que sairia de casa em meia hora.

No quarto, coloquei a lâmpada vermelha no abajur, conectei o celular à caixa de som, escolhi uma seleção de música qualquer, algo garantido, que já tinha usado antes. A minha expectativa era que transássemos por cinco, seis, sete horas, como antes, e que ele me xingasse, me enforcasse, me batesse, de forma ainda mais intensa, meu deus, sou tão controladora, tão programada, tão racional, que planejei até a catarse, o exorcismo, o descarrego. Eu poderia ir na igreja, no centro espírita, no terreiro, no retiro de meditação, no psicanalista, mas assim é mais gostoso, terapia de choque, direto no inconsciente.

Luiz Felipe continuava um tesão, não perguntou muita coisa, aparentemente não percebeu nada fora do comum, talvez não tenha dado tempo, pus a garrafa de vinho na mesa, desabotoei sua calça, comecei a chupar, lenta, cuidadosa, atenta, o melhor boquete do mundo, e logo estávamos na cama, seguindo os rituais de sempre, o tapa, o fisting, os xingamentos, a fantasia de estuprinho, a dupla penetração. Àquela altura, não fazia sentido eu falar unsex me, eu estava sendo penetrada com força, e quando ele me virou de costas pela primeira vez senti dor, parecia violento demais para o meu cu, a impressão era que estava sendo dilacerada, mas não reclamei, e acho que ele confundiu meu grito de dor com prazer, principalmente depois que eu disse: Continua. Não sei por que fiz esse pedido, de repente, como uma surpresa, as palavras saíram da minha boca e eu comecei a chorar. Na mesa, estava o laço preto que antes envolvia meu pescoço, agora desfeito em forma de um reles pano; estendi a mão para alcançar e com ele fiz um movimento vago para chamar a atenção do Luiz Felipe. Aquele gesto foi compreendido à luz dos nossos encontros anteriores, conforme, talvez, eu desejasse. Ele uniu meus dois punhos com tamanha intensidade que parecia que meus braços eram inanimados. E então usou a fita para imobilizar meu corpo. O sexo tem a mesma função dos sonhos, ele revela quem nós somos através de linguagem cifrada — mas quase nunca lembramos dos nossos sonhos. Não sei como faria sexo caso minha mãe não tivesse abortado minhas tentativas juvenis de masturbação. Eu preciso renascer, limpar meus pecados, participar de um ritual, receber um passe, tomar ayahuasca, matar meu pai. E, de novo, entro na racionalização, uma aula do primeiro período da faculdade, um texto da internet, um arquivo que alguém me enviou em PDF, uma conversa com João Silva. E penso em Darlene. Se eu pudesse voltar no tempo, faria algo para protegê-la. Eu poderia ter salvado Darlene, ela estaria viva. E poderia contar essa história para as pessoas provando minha virtude. Mas, não, eu me afastei, a festa era promissora, por um segundo fiquei com medo de que o policial achasse minhas drogas, ficasse irritado com a minha interferência, embora, convenhamos, no pior dos cenários, ainda assim seria apenas uma inconveniência, meu pai é amigo do governador, o sujeito vive lá em casa. A essa altura, quase desacordada, recebo um cuspe na cara, e digo: Continua. Parece quase surreal quando ele me dá um beijo na boca. Meu rosto deve estar vermelho, é tanto choro. E, de novo, Darlene, não ela, mas sua família que não conheço, só imagino, terá mãe viva, morando na mesma casa, cuidaria das irmãs mais novas, talvez um marido, pedreiro, porteiro, gari. A família da pobre assassinada enfrenta luto, ansiedade, dificuldades, mas não tem problema, há males que vem para o bem, eu não teria refletido tanto, e transformado a mim mesma, caso os policiais não tivessem assassinado Darlene. E, assim, entendo meu lugar no mundo. De alguma forma, acredito na narrativa da minha mãe de que não somos ricos, e tenho o mesmo medo de escassez, que racionalizo como ridículo, mas dele compartilho. Luiz Felipe está preguiçoso nesse sexo oral, é a terceira vez que ele me chupa, estamos aqui faz tantas horas. Tenho quinze anos, estou indo para o colégio com o motorista, sentada no banco de trás. Nessa época, tínhamos três carros, o do cotidiano, o da viagem e o dos cachorros, que era o único não blindado. Saio do carro, a saia plissada do colégio católico, o suéter azul-marinho, um dos meninos no portão me xinga, tento continuar olhando para frente, atravessar o corredor sem olhar para aquele grupo, um deles cospe o chiclete no chão, levo um susto, achei que seria o alvo, mas não era, ele era o único mais bonzinho, nunca se envolvia nesse tipo de brincadeira. Ainda assim, levo um susto, paro de andar por um minuto, e vejo que o menino também levou um susto, há uma conexão entre nós, algo no olhar dele me tranquiliza. Em algum after, às cinco da manhã, um grupo de pessoas que eu conheço se delicia falando mal de mim, é normal, faço isso com outras pessoas, por que não fariam isso comigo? Agora, estou nua porém vestida, sob a luz vermelha, as sombras da persiana disfarçando minhas estrias, de forma que estou bela, indubitavelmente bela, como na minha melhor fotografia. Luiz Felipe observa o meu rosto, sorri, substitui o putinha por um "você é linda". Não queria que ele alterasse a dinâmica e mudasse o tom, também não quero dar nenhuma indicação, e por isso é tarde, a fita preta está no chão, meu pescoço recebe um beijo, o peito um carinho. Passo a mão pelo meu corpo, e quando chego no meio das minhas pernas percebo que está tudo excessivamente molhado, de início acho que é gozo, talvez tenha ejaculado, como às vezes acontece, mas é diferente, tem algo mais. Sigo percorrendo minha barriga, peito, levo a mão até o rosto, e na penumbra vejo algo escuro, minha mão, o lençol, tudo está cheio de sangue. Luiz Felipe me olha. E logo sorri, sereno: Você está menstruada? Eu não sabia que estava menstruada.

Agradecimentos

Os meus amigos são a minha família, e queria agradecê-los por estarem ao meu lado durante a escrita deste livro, me ajudando com leituras críticas do manuscrito, com apoio emocional ou simplesmente existindo: Alice Galeffi, Beatriz Sonoda Falcão, Bernardo de Souza, Bettina Birmarker, Camila Regis, Claudio Seichi Kawakami Savaget, Daniel Morais, Gabriel Raggio, Gabriel Ribeiro, Juliana Cunha, Luana Moussalem, Luiza Calmon, Luiza Vianna, Matheus Rocha Pitta, Matilde Azevedo Neves, Tomás Toledo, Victor Gorgulho, Zé Ortigão. E, é lógico, nada disso seria possível sem o cuidado e a atenção do meu incrível editor Emilio Fraia, e da minha agente maravilhosa, Marianna Teixeira Soares.

1ª EDIÇÃO [2022] 1 reimpressão

ESTA OBRA FOI COMPOSTA PELA SPRESS EM MERIDIEN
E IMPRESSA PELA LIS GRÁFICA EM OFSETE SOBRE PAPEL PÓLEN BOLD
DA SUZANO S.A. PARA A EDITORA SCHWARCZ EM MAIO DE 2022

FSC
www.fsc.org
MISTO
Papel produzido
a partir de
fontes responsáveis
FSC® C112738

A marca FSC® é a garantia de que a madeira utilizada na fabricação do papel deste livro provém de florestas que foram gerenciadas de maneira ambientalmente correta, socialmente justa e economicamente viável, além de outras fontes de origem controlada.